Brustat-Naval   Zwischen Ostsee und Ostasien

FRITZ BRUSTAT-NAVAL

Zwischen OSTSEE und OSTASIEN

Aus der Kieler Schiffahrtsgeschichte

KOEHLERS VERLAGSGESELLSCHAFT MBH · HERFORD

Ein Teil dieser Auflage erscheint als Band 60
der Mitteilungen der Gesellschaft für Kieler Stadtgeschichte

ISBN 3 7822 0089 6

Fotos: Friedrich W. Carstens, Familien- und Firmenarchive,
Hermann Nafzger, Stadtarchiv Kiel, Verfasser
Umschlaggestaltung: Ernst A. Eberhard, Bad Salzuflen
Der Umschlag zeigt den Ausschnitt eines Ölgemäldes des
Kieler Hafens von Robert Schmidt-Laboe
Gesamtherstellung: Druckerei H. Brackmann, Löhne
Printed in Germany

Inhaltsverzeichnis

Kieler Schiffahrtsgeschichte?

Als Nelson 1805 beim Kap Trafalgar die französisch-spanische Flotte vernichtete, behauptete England die Seeherrschaft im Kampf gegen Napoleon I. 1806 verhängte der Kaiser der Franzosen durch das Dekret von Berlin die Kontinentalsperre, die das europäische Festland dem englischen Handel verschloß. Die Kontinentalsperre wurde in allen europäischen Festlandstaaten durchgeführt, außer in Schweden und der Türkei. Besonders hart traf die Sperre der Elbmündung den Hamburger Hafen, den zehn Jahre lang kein Schiff aus Übersee mehr erreichte. Die ganze Zeit litt die Hansestadt unter zunehmender Arbeitslosigkeit und unzureichenden Lebensmittelzufuhren.

Hamburger Firmen suchten Ausweichquartiere in Schleswig-Holstein. Die Slomans beispielsweise gingen nach Husum. Das Haus Godeffroy verlagerte nach Kiel, wo die mit ihm verwandten Kaufleute Matthiesen saßen. Ihre Überseeschiffe liefen nun Häfen der Ostsee an, zumal Vorpommern noch zu Schweden gehörte und ihnen offenstand. Johan César (V.) Godeffroy, der damalige Chef des Hauses, schrieb: „Wir haben unsere bedeutenden Lager ins Dänische geflüchtet . . ., die Geschäfte kümmern."

Die Godeffroys, Überseekaufleute aus dem 16. Jahrhundert, waren Hugenotten und hatten unter Jean César (I.) Godeffroy (1640—1720) ihres protestantischen Glaubens willen im Jahre 1695 ihre Heimatstadt La Rochelle und Frankreich verlassen. Über Amsterdam waren sie in das Brandenburg des Großen Kurfürsten gekommen, andere Mitglieder der Familie hatten sich in der Schweiz, in England, Rußland und in Südamerika niedergelassen. Jacques César (III.) Godeffroy (1706—1758) hatte 1737 in Hamburg eine neue Heimat gefunden und war Stammvater der hanseatischen Godeffroys geworden. Sein Enkel, Johan César (V.) Godeffroy, notierte bald nach dem Beginn der Blockade der Elbmündung „täglich mehrere Banquerotte" und begab sich nach Kiel, um dort bessere Zeiten abzuwarten.

Und in Kiel wurde am 1. Juli 1813 sein Sohn geboren, Johan César (VI.) Godeffroy, der spätere „König der Südsee" und einer der bedeutendsten deutschen Reeder des 19. Jahrhunderts. Zwischen 1815 und 1882 segelten etwa vierzig bis fünfzig Segelschiffe von Hamburg aus unter der Hausflagge der Godeffroys, dem weltbekannten Goldenen Falken im weißen Feld. Seinen besonderen Namen erhielt der gebürtige Kieler, der zusammen mit Rob. M. Sloman den ersten Liniendienst nach den USA eröffnete und die HAPAG mitbegründete, als sich das Haus Godeffroy unter seiner Leitung in der unvorstellbaren Weite der Südsee und ihrer ozeanischen Inselwelt auszudehnen begann. In einem Gebiet siebenmal so groß wie Europa entstanden Plantagen und ein Netz von 45 Handelsniederlassungen. 1878 wurde daraus die „Deutsche Handels und Plantagengesellschaft der Südseeinseln" in Hamburg und Apia/ Samoa.

Für sein völker- und naturkundliches Museum schickte der Reeder Forscher und Sammler nach Australien und in die pazifische Inselwelt. Auf dem Gut Lehmkulen bei Kiel, das seinem Vetter gehörte, entstand aus Godeffroyschen Pflanzenimporten eine der größten internationalen Baumsammlungen, desgleichen bei seinem Nachbarn in Bredeneek bei Preetz. Noch heute sind sie das Ziel wissenschaftlicher Exkursionen des Botanischen Institutes der Universität Kiel.

Worauf ich eigentlich hinaus will? Auf die Kieler Schiffahrtsgeschichte. Natürlich wäre es an den Haaren herbeigezogen, Johan César (VI.) Godeffroy schlechthin als Kieler Reeder zu bezeichnen, was aber versteht man denn überhaupt unter Kiels maritimer Vergangenheit? Auf den ersten Blick mögen es landläufige Vorstellungen sein, wie Stolz weht die Flagge, U-Boots- und Ehrenmal, des Kaisers Hafen und dergleichen, Tirpitzmole, Prinz-Heinrich-Mütze und Kieler Knabenanzug. Zugegeben, das alles war repräsentativ und eindrucksvoll, es brachte Geld unter die Leute und trug den Ruf der Stadt weit ins Binnenland.

Doch es ist eben nur die eine Seite. Verkennen wir nicht, daß Kiel, sein Handel und sein Hafen nicht für sich alleine im Raume stehen, sondern mit einbezogen sind in das große Weltgeschehen, vor allem, wenn es sich auf dem Wasser abspielt. Versuchen wir einmal tiefer und hinter die Dinge zu sehen. Wer weiß denn schon, daß der „König der Südsee" in Kiel geboren wurde, wenn auch umständebedingt, und wer kennt denn noch diese Umstände? Wer denkt beim Namen des Schweffelhauses an die Howaldtswerke, die Wiege der Schiffsriesen von morgen, und wer weiß, daß ein Peter Hansen auf der berühmten amerikanischen Fregatte *Constitution* diente? Worin besteht der Zusammenhang zwischen dem Kaffeehandel und der Willestiftung, die der Stadt zwei Millionen einbrachte, als die Mark noch hundert Pfennige wert war? Wie wirkte sich der russisch-japanische Krieg auf Kieler Firmen aus? Hat man schon gehört, daß ein ertrunkener Kapitän seinem Reeder erschien, oder daß Florence Nightingale, der „Engel der Verwundeten", an Bord einer Kieler Galiot in den Krimkrieg segelte? Alle Welt begeisterte sich an der Windjammerparade und an der Kieler Woche. Nur von denen, die als bezahlte

Kräfte dem KYC dienten und am unteren Ende der glanzvollen Veranstaltungen zu Kaisers Zeiten saßen, von denen spricht man nicht. Es waren die Yachtmannschaften und ihr Verein.
Doch genug, ich will nichts vorwegnehmen. Wenn sich auch der Kieler Hafen naturgemäß mit denen der großen Hansestädte nicht messen kann und erst in der Gegenwart eine besondere Note als Brücke zum Norden erhielt, so haben es doch die Kieler selbst an Aufgeschlossenheit, an Weltweite ihrer Gedanken und Beziehungen nicht fehlen lassen. Auch von hier aus ziehen sich die Fäden um den Erdball — von der Ostsee nach Ostasien. Und so gesehen ergibt sich auch eine kommerzielle Tradition und eine Kieler Schifffahrtsgeschichte. Ich habe mich bemüht, sie nicht ganz untergehen zu lassen. Ihre Daten fanden sich in Familienchroniken und Archiven, in privaten Memoiren, in den Geschäftsberichten von Reedereien, die schon keiner mehr nennt, bei deren Rechtsnachfolgern. Sie gingen aus persönlichen Gesprächen hervor, wobei oftmals das eine auf die Spur des anderen führte.
Alles zusammen erhebt keinen Anspruch auf Vollständigkeit. Es sind Streiflichter „aus der Kieler Schiffahrtsgeschichte". Gewiß gibt es Leute, die mehr darüber sagen könnten. Immerhin glaube ich das, worauf es ankommt, beim Namen genannt und Denkmuster geliefert zu haben. Darüber hinaus wollte ich letzte Zeichen und Vermächtnisse erhalten, die sich schon während der Niederschrift so rapide aufzulösen begannen wie ein Kielwasser, das sich glättet und nichts mehr zurückläßt als die große Tiefe, in der alles versinkt. Es ist nur eine Frage der Zeit. Sagen wir darum mit Horaz: Carpe diem — nutze den Tag.
Unsere Geschichte hört im historischen Sinne dort auf, wo das Tagesgeschehen einsetzt. Vorgänge, deren Augenzeugen wir sind, bleiben dem Journalismus vorbehalten.

Fritz Brustat-Naval

Heinrich Harder, „der zur See Glück gehabt hat":

Handel, Sklaven und Piraten

Es begann damit, daß gegen Ende des Jahres 1958 aus der kolumbianischen Hauptstadt Bogotá im fernen Südamerika eine Anfrage an das Kieler Stadtarchiv gelangte. Der Absender erwähnte unter anderem, auf einem Hamburger Speicher befände sich eine Truhe voll alter Schriftstücke, die gewisse Aufschlüsse über seine Vorfahren enthielten. Laut Handzettel hatte ein Heinrich Harder diese Truhe im Jahre 1820 seiner unverehelichten Tochter Friedericia vermacht. Nun sei wiederum die Mutter des Absenders eine geborene Emeline auch Emely Harder gewesen, und darum hätte er, der Mann aus Bogotá, gerne nähere Einzelheiten gewußt, soweit vorhanden, über eine Reihe von Kieler Segelschiffen, die sich vor langen Jahren im Besitz der Familie befanden. Was im Verlaufe der Nachforschungen dabei herauskam, gleicht stellenweise einem Abenteuerroman, wobei hinter einem Vexierbild der christlichen Seefahrt Begleiterscheinungen wie Konterbande, Sklavenhandel und Piraterie zutage treten, die uns aber auch zu ältesten Quellen aus der Kieler Schiffahrtsgeschichte führen.
Alle Unterlagen beziehen sich in der Hauptsache auf einen gewissen Hinrich oder Heinrich Harder, der im Alter von 37 Jahren am 23. März 1784 Kieler Bürger wurde und zu den großen Schiffseignern seiner Zeit gezählt werden muß. Noch heute besitzt das Museum von Karl-Marx-Stadt (Chemnitz) ein um 1798 gemaltes Bild von Caspar David Friedrich, dessen allegorische Fregatte *Die Hoffnung* mit einem Harderschen Schiff identisch zu sein scheint. Es ist übrigens das einzige größere Schiff, das Friedrich gemalt hat, und führt im Vortopp einen Wimpel, der auch auf Darstellungen anderer Harderscher Segler zu sehen ist: ein blauer Wimpel mit dem Danebrog. Soweit die handfeste Vermutung.

Die Familie Harder, die schon von jeher Schiffe gehabt hat, stammt von Fehmarn. Ein Vorfahre, ebenfalls Hinrich Harder mit Namen, ertrank 1654. Es folgt ein Hans Harder, dessen Daten fehlen. Ein weiterer Heinrich Harder starb 1676, und von ihm gibt es im fernen Südamerika noch Teile eines Silberservices. Peter Harder lebte 1675—1753, Mathias Harder 1717—1791. Nach ihm erscheint jener Heinrich Harder, von dem hier die Rede ist. Die

Frauen der Harders kommen aus den Familien Serk und Brandt; diese führen ein Siegel mit einem Totenkopf auf schwarzem Grunde: das Zeichen der Piraterie.
Die Überlieferung der vorerwähnten Emeline Harder drückt das so aus: „An den damaligen Piratenkriegen beteiligten sich die mit Kaperbriefen der dänischen Krone ausgerüsteten Familien Serk, Brandt, Harder und Dietrichsen. Im Laufe des 18. Jahrhunderts betrieben diese Familien unter anderem auch jenen absolut normalen Handelsverkehr, der auf der sogenannten Mittelpassage (Afrika – Westindien) Sklaven beförderte, die anfänglich über die karibischen Inseln und später direkt an der spanischen Kolonialküste verhandelt wurden."

Das Königreich Dänemark, das mit den Jungfern-Inseln westindische Kolonien besaß, hatte allerdings als erstes und lange als einziges Land bereits in den achtziger Jahren des 18. Jahrhunderts den Sklavenhandel verboten. Was man mit Hochachtung zur Kenntnis nehmen sollte, da selbst der geachtete Preuße Joachim Nettelbeck aus Kolberg zu seiner Zeit noch ein Sklavenkapitän gewesen ist. Nichtsdestoweniger traf Alexander von Humboldt in Cumana (heute in Venezuela) als erstes Negersklaven, die ausgerechnet auf einem dänischen Segelschiff gekommen waren und philosophierte: „Der gemeine Eigennutz, der mit Menschenpflicht, Nationalehre und mit den Gesetzen des Vaterlandes im Streite liegt, läßt sich durch nichts in seinen Spekulationen stören ..."
Wahr genug! Auch unsere besagten Sippen waren gegen derartige Versuchungen nicht gefeit, und Ende des 18. Jahrhunderts wurde einem Sproß der Familie Dietrichsen oder Diederichsen die Erlaubnis zum Betrieb von Schiffen entzogen, weil man ihn beim Sklavenhandel ertappt hatte. Wahrscheinlich handelte es sich um einen Jacob Arendt Diederichsen, der um diese Zeit Schiffe verkaufte. Wie es heißt, „wurde der Betreffende bei seinen aufschneiderischen Seegeschichten immer recht kleinlaut, wenn ihn die Verwandten an seinen Aufenthalt in einem Straflager erinnerten", aus den ihn erst besagter Hinrich Harder mit Geld erlöste. Dieser peinliche Betriebsunfall war möglicherweise der Anlaß zur oben angedeuteten Übergabe von drei Diederichsen-Segelschiffen an Heinrich Harder 1780/83/85: nämlich die Galeassen Frau *Anna Christina, Der junge Heinrich und Amicitia* mit 25, 40 und 61 Commerzlasten Tragfähigkeit. (Die in der Nord- und Ostsee damals übliche Commerzlaste galt, Hamburg und Bremen eingeschlossen, noch bis zur Reichsgründung 1871 als ein Gewicht von genau 3 000 Kilogramm.) Doch auch Heinrich Harder war nicht kleinlich, und die teilweise chiffrierten Schriftstücke der alten Truhe sprechen „von großen Geschäften mit schnellen Schiffen der Harders während der napoleonischen Kontinentalsperre".

Die Kieler Unterlagen, die sich nur auf die in Kiel gebauten Schiffe beziehen und die Möglichkeit auswärtiger offen lassen, berichten von insgesamt 20 Harderschen Segelschiffen. Im engeren und weiteren Sinne insofern, als Heinrich Harder einmal als alleiniger Eigentümer, zum anderen wieder als Parten- und Korrespondenzreeder aufgetreten ist. So ließ Harder unter seinem Namen auch Schiffe laufen, an denen seine Schwiegersöhne Wille und Diederichsen stark beteiligt waren. Für Heinrich Harder wurden in Kiel gebaut: 1789 der Yachtschoner *Hoffnung* (22 Ellen lang), 1794 die Galeasse *Anna Dorothea* (32 Ellen), 1796 die Schaluppe *Augusta Magdalena* (23 Ellen). Um 1800 folgt *Die drey Schwestern* (47 Commerzlasten), 1805 die Schaluppe *Die zwey Gebrüder* (26 Ellen), 1806 die Galeasse *Neptunus* (58 Commerzlasten), später in *Heinrich* umbenannt, „weil ich Heinrich heiße und zur See Glück gehabt habe".

Die See hat ihm indessen nicht nur Glück gebracht, wie könnte es auch sein. Im Nachlaß der Harders befindet sich ein letzter Brief seines ältesten Sohnes Mathias, der *Die drey Schwestern* führte, und in dem er schreibt, daß er nach Rückkehr in die Heimat sofort heiraten wolle. Der Brief ist vom 25. Februar 1809 datiert und stark zerknittert. Man bezweifelte den Zeitpunkt, nimmt aber an, daß der Schreiber den Brief einige Zeit mit sich herumgetragen hat, ehe er ihn abschickte. Wie dem auch sei, die Hochzeit unterblieb. *Die drey Schwestern* verließ Sevilla am 2. 12. 1809, um nach Liverpool zu segeln. Das Schiff ist dort nie angekommen, sondern mit Mann und Maus untergegangen. An Mathias Harder erinnert noch ein schwerer, mit den Gravüren dreier Harderhäuser verzierter Taufbecher im fernen Südamerika.

1809 wurde für Heinrich Harder die 40 Ellen lange Brigg *Minerva* gebaut, später an Joachim Lexow in Tönning verkauft; im selben Jahr der Schoner *Twe Vriende* (28 Ellen), danach der kleine Jachtschoner *Christina Margaretha* (7 Commerzlasten). 1812 folgt die Schaluppe *Anna Dorothea II* (23 Commerzlasten), 1814 die *Anna Catherina Margaretha* (23 Commerzlasten), 1813/14 die Brigg *Anna Dorothea III* (40 Ellen, 88 Commerzlasten).

Heinrich Harder starb 1820, im Alter von 73 Jahren. Seiner Tochter Friedericia vermachte er unter anderem die vielsagende Truhe. Daß er wohl noch bis zuletzt gehofft hatte, etwas von seinem verschollenen Sohn zu hören, beweist der Anfang des vom 1. 4. 1820 datierten Testamentes: „Nachdem mein ältester Sohn Mathias Heinrich Harder im Jahre 1809 an der portugiesischen Küste auf und mit einem meiner Schiffe geblieben ist, und ich weiter keine Nachricht davon erhalten habe..."

An die Stelle des Ältesten tritt nun der 1791 geborene jüngere Bruder Carl Joachim Harder; er ist 29 Jahre alt. Nach dem Tode des Vaters übernimmt er, wie es vorgesehen war, „bis zur endgültigen Regelung" als eine Art angestellter Geschäftsführer die Reederei und hat genug zu tun, sich gegen seine mitbeteiligten Schwäger Diederichsen und Wille zu behaupten. Schon der Vater hatte sich veranlaßt gesehen, in seinem Testament diesen beiden Schwiegersöhnen aufzuerlegen, wenigstens mit den Schiffen *Anna Catherina Margaretha* und *Anna Dorothea* die Reederei unter seinem Namen weiterzuführen; denn die Brigg *Anna Dorothea* gehörte in erster Linie bereits dem Handelshause Friedrich Diederichsen & Wille in Kiel. Weitere Schiffsneubauten gehen dann auf Rechnung des gleichen Hauses bzw. für „Fr. Diederichsen, A. H. Wille und C. Harder": so 1823 die *Holstein* (103 Commerzlasten), 1825/26 der Schoner *Theodor* (56 Fuß lang), die 1826 gebaute Fregatte bzw. das Vollschiff *Prinz Carl* (46 Ellen lang, 145 Commerzlasten).
Nach jahrzehntelangen Streitigkeiten und Prozessen ringt sich Carl Harder zur Selbständigkeit durch. 1833 wird er als „seit geraumer Zeit" alleiniger Eigentümer des *Prinz Carl* bezeichnet, wie umgekehrt der 1828 für Harder gebaute Schoner *Elise* (69 Commerzlasten) später A. H. Wille alleine gehört. Die Dinge festigen sich. Auch eine Brigg *Nordstern*, ein sogenannter Grönlandfahrer von 143 Commerzlasten, erscheint noch auf der Bildfläche.

Aus den damals üblichen Seepässen weiß man noch einiges über die Reisen der Harderschen Segelschiffe. Auch sind noch lateinische und algerische Seepässe vorhanden, die zwischen 1747 und 1840 jedes Schiff beantragen konnte, um sich auf Grund eines Vertrages mit den Berberstaaten von deren „Seeräuberrecht" loszukaufen. Andernfalls lief man Gefahr, daß die Schiffe gekapert und die Seeleute als Sklaven einbehalten wurden. Wie sein Vater, Kapitän Heinrich Harder, der auf einer Reise von Kiel nach Amsterdam und dem Mittelmeer 1796 seinen ältesten Sohn Mathias als Matrose bei sich an Bord hatte, so hat auch Carl Harder später einige seiner Schiffe selbst geführt, vermutlich eingefahren.
Im großen und ganzen sind die Reisen der Harderschen Segelschiffe von erheblicher Vielfalt. Außer zu den Ostseehäfen Kopenhagen, Wismar, Riga, Petersburg und anderen führen sie beispielsweise von Rendsburg „nach London und weiter". Man liest: Kiel — Cadix; Tönning — Teneriffa — Philadelphia; Bergen — Messina; Hull — Oporto; Kiel — Riga — Bilbao. Später vereinzelt sogar: Hamburg — Rio de Janeiro oder Hamburg — Valparaiso um Kap Hoorn. Eine Spezialität bleibt offenbar die Fahrt zu den westindischen Inseln, dem alten Tummelplatz der Piraten, und vor allem zu den dänischen

Jungfern-Inseln der Kleinen Antillen, die Zucker und Rum nach Flensburg liefern: St. Thomas, St. Croix und St. John. Spuren ihrer Anwesenheit reichen bis in unsere Zeit.
So steht noch heute in der Stadt Charlotte auf der nunmehr amerikanischen Insel St. Thomas ein Haus, in dem die Harders eine Niederlassung unterhielten. Das fälschlich Blaubart-Turm genannte Bauwerk, heute (1961) in ein Hotel eingegliedert und verschandelt, an dessen sieben Zinnen der letzte Pirat auf St. Thomas seine sieben Frauen einzeln aufgehängt haben soll, um sie nicht in Feindeshand fallen zu lassen, war mitsamt den Befestigungen von einem Brandt erbaut worden. Selbst wenn die Geschichte nicht wahr sein sollte, so ist sie doch gut erfunden. Jedenfalls lebten die angetrauten Ehefrauen dieser Herren alle wohlbehütet in Albersdorf auf Fehmarn. Heute — so hört man aus Bogotá — erinnern noch Silberbecher mit dem Turmbild und totenköpfige Siegelringe an jene glorreichen Zeiten. Und einige Beutestücke, darunter auch zwei Hardersche Pistolen, die aber schließlich und endlich nicht von den Piraten, sondern 1945 von den Russen mitgenommen wurden und die Inschrift tragen: La Compagnia de Infantes de Cartagena de Indias.
Doch zurück zu Carl Harder: Nachdem er 1855 mit großen Krediten die Firma seines verwaisten Neffen Theodor Wille gründen und beraten konnte, ist er am 2. 8. 1857 in Kiel verstorben, 66 Jahre alt. Es überlebte ihn die Firma „Diederichsen und Theodor Wille". Über den Verbleib der Schiffe ist im einzelnen nichts mehr festzustellen. Sie verschwanden und das Handelshaus wandte sich anderen, sehr erfolgreichen Unternehmen zu, wie dem Kaffeegeschäft in Hamburg, Rio und Santos. Wiederum vierzig Jahre später, am 9. Januar 1892, setzte ein Herzschlag dem Leben des unverheiratet gebliebenen Theodor Wille ein Ende. Einer der bekanntesten Kaufleute seiner Zeit, eine prominente Figur an der Hamburger Börse, verschwand aus dem Bilde der Öffentlichkeit. Der Sarg wurde nach seiner Vaterstadt Kiel übergeführt und auf dem Südfriedhof im Erbbegräbnis des Vetters und Freundes Heinrich Diederichsen beigesetzt.

Da leibliche Erben fehlten, gestaltete sich die Regelung des Nachlasses schwierig, teils auch langwierig und unerfreulich. Das Testament war mehrmals geändert und mit Zusätzen versehen worden, nicht zuletzt deshalb, „weil sich mein Vermögen inzwischen wesentlich vergrößert hat". Nach dem Willen des Verstorbenen wurde es gedrittelt. Das uns hier interessierende erste Drittel fiel an Karl Diederichsen und seine Brüder, unter Abzug von dreizehn Legaten zwischen 5 000 und 60 000 Mark, mit denen Theodor Wille „Verwandte, Mitarbeiter, Kapitäne und Dienstmädchen" bedacht hatte. Seiner Vaterstadt

Kiel aber hatte er zwei Millionen Mark vermacht... die berühmte Wille-Stiftung!

Bestimmungsgemäß war das damals riesige Kapital „in sicheren Hypothekenposten (anzulegen) und davon die Zinsen für Schulzwecke in Kiel selbst und dann auch für die Universität in Kiel zu benutzen". Sie wurden für Schulneubauten und Unterrichtsmittel verwendet, sie sind u. a. in der heutigen Stadtbildstelle zwischen Kleiner Kuhberg und Waisenhofstraße sichtbar, in den Anfängen der Ingenieurschule und im Studenten- und Professorenhaus „Seeburg" am Düsternbrooker Weg. Das nach zwei Weltkriegen und Geldentwertungen zusammengeschmolzene Kapital betrug 1954 nur noch 12 200 DM. Die Stadt Kiel, dankbar für die größte Zuwendung, die ihr jemals zuteil wurde, benannte eine kleine, aber wichtige Geschäftsstraße nach ihrem Wohltäter: die Willestraße.

Einen bestimmten Betrag aus den Zinsen, nämlich 10 000 Mark jährlich, hatte der Verstorbene als Studienbeihilfe „bedürftigen Nachkommen meines Großvaters Christian Wille und meines Onkels Fritz Diederichsen und Carl Harder" zugedacht. Entsprechende Erbansprüche wurden noch bis zum Ende der dreißiger Jahre erhoben. Ein Urenkel des Reeders Heinrich Harder, der als junger Mann daran teilhatte, schrieb jenen Brief, der hier eingangs eine Rolle spielt. Aus dem fernen Südamerika, dem ehemaligen Schauplatz von Handel, Sklaven und Piraten, von dem aus sich ein feiner Faden bis zur schon fast vergessenen Wille-Stiftung zieht. Aber der Briefschreiber heißt weder so noch so, er führt vielmehr einen ganz anderen Namen, ist Kaufmann und war Präsident der deutsch-bolivianischen Handelskammer von Bogotá.

Die meisten Segelschiffe hatte H. J. Lohmann:

Dreimal sein halbes Vermögen verloren

„Drei liebe Frauen, vierzehn liebe Kinder, dreimal mein halbes Vermögen verloren —", pflegte er zu sagen. Mit Vorliebe sprach er Plattdeutsch. Obwohl er am Düsternbrooker Weg wohnte und ihm eine der schönsten Yachten seiner Zeit gehörte, blieb er ein schlichter, gerader Mann. Trotz aller Schicksalsschläge war er um die Mitte des vorigen Jahrhunderts der größte Kieler Reeder, der insgesamt 28 Segelschiffe nachweislich sein eigen nannte: der am 12. Januar 1824 geborene und im Alter von 77 Jahren in Kiel verstorbene Heinrich Johann Lohmann. Auf dem Südfriedhof liegt er begraben.

Heinrich Johann Lohmann stammte aus Stutenbüll im Kirchspiel Kappeln, die Familie läßt sich bis ins 17. Jahrhundert zurückverfolgen. Das Schicksal hatte ihm geringe materielle Güter in die Wiege gelegt, dafür aber ein gesundes niederdeutsches Erbe: Energie, Fleiß und Zielstrebigkeit, einen derben Humor und Strenge gegen sich selbst. Sein Vater besaß ein kleines Schiff, die *Hosianna*. So wußte er von kleinauf, woher der Wind wehte, und seine beste Schule (und fast einzige dazu) wurde die Schule des Lebens. Sehr früh schon zog es ihn als Seemann in die weite Welt, trotz aller „Beyspiele von Seeleuten, die den im Schweiße des Angesichts errungenen Verdienst einer ganzen Seereise an einem einzigen Abend versoffen haben — o wie schröcklich, wie himmelschreyend!" Also charakterisierte der Seemannsmissionar Pastor Harries damalige berufsständische Randerscheinungen.

Heinrich Johann Lohmann indessen hielt seinen Verdienst gut zusammen, sogar wortgetreu, als er bei einem Schiffbruch sich selbst und seinen Geldbeutel retten konnte. Mit siebenundzwanzig Jahren heiratete er zum erstenmal: Margareta Wille. Sie starb fünf Jahre später. Inzwischen war Heinrich Johann in das Schiffsausrüstungsgeschäft seines Bruders Peter in Kiel eingetreten. Die Firma hieß nun P. & H. Lohmann, das Geschäfts- und Wohnhaus lag am Wall 32, und soweit ließ sich alles gut an. Schiffahrtsverbunden erwarb Heinrich Johann Lohmann in den fünfziger/sechziger/siebziger Jahren zu der vorerwähnten *Hosianna* noch eine ganze Reihe von Seglern. Mal eine Galeasse, dann eine Bark, hier einen Schoner und dort eine Yacht. Der Ausdruck Yacht bezieht sich auf einen reinen kommerziellen, schnellen Schiffstyp und entbehrt jeglicher Lustbarkeit. Es gab nämlich auch „Lustyachten", die sich im amtlichen

Der Kieler Handelshafen um die Mitte des 19. Jahrhunderts

Die Kieler Handelsflotille 1858/59

Blick vom Rathausturm auf die Hafen- und Werftanlagen vor dem Zweiten Weltkrieg

Das Hardersche Vollschiff *Prinz Carl*

Heinrich Johann Lohmann
(1824-1901)

Die Galeasse *Probstei* von H. J. Lohmann; im Vortopp die Flagge mit dem Y, Kennzeichen Kieler Schiffe

Das Geschäfts- und Wohnhaus (3. von rechts) von H. J. Lohmann am Wall 32, um 1880

Sprachgebrauch bis in die heutige Zeit hinübergerettet haben. Die Familienchronik der Lohmanns berichtet wörtlich: „Heinrich Johann baute ein Schiff, kaufte ein anderes hinzu, und es entstand im Laufe der Jahre eine ansehnliche Reederei, die bald die größte von Kiel wurde. Großvater hatte ungefähr achtundzwanzig Schiffe in seinem Besitz, die Fahrten nach aller Herren Länder unternahmen. Leider sind nur wenige Gemälde dieser Schiffe uns geblieben." Und selbst diese wenigen Gemälde haben sich umständebedingt und durch den Zweiten Weltkrieg verflüchtigt.

Die Reederei Lohmann firmierte als H. J. Lohmann, P. & H. Lohmann, P. C. H. Lohmann, Gebrüder Lohmann, P. C. Lohmann und C. F. Lohmann. In zeitlicher Reihenfolge besaß sie, soweit ersichtlich, folgende Segelschiffe, die unterschiedlich vermessen sind: Yacht *Maria* (7 Lasten), Ewer *Hosianna* (9), Yacht *Margretha* (12). Der Name „Margaretha" tritt jetzt gleich dreimal auf, zwei weitere Yachten und eine Yachtgaleasse von 33 Lasten führen ihn; Yacht *Maria-Johanna* (7), Yacht *Maria Magdalena* (12), Yacht *Ceres* (17), Yacht *Catharina* (28), eine Yachtgaleasse *Ceres* (die mit 65 Registertonnen angegeben ist), Yacht *Helene* (59 RT), Galeasse *Peter* (47 RT), Yacht *Wilhelmine* (30 Last), Yacht *Sophie* (27 Last), Galeasse *Activ* (114 RT), Bark *Emilie* (144 RT), Bark *Hainau* (263 RT), Galeasse *Probstei* (130 RT).

Die Schiffe werden allmählich größer und in ihren Namen spiegelt sich vaterländische Geschichte. Drei um 1871 angekaufte Barken, ehemalige Südsee-Walfänger, heißen nun *Fürst Bismarck* (308 Register-Tonnen), *Graf Moltke* und *Wilhelm I.* (346 RT). Dann folgen der Dreimastschoner *Kiel* (232 RT), der Schoner *Magnet* (91 RT), die Barkentine *Heinrich Lohmann* (272 RT) fälschlich als Dreimastschoner bezeichnet, Bark *Adelheid* (234 RT), Schoner *Tiger* (98 RT), der Kutter *Taifun* (6 RT) und die Lustyacht *Sylphe*, ein ansehnliches Fahrzeug von rund 45 Kubikmeter. Je zwei „Margaretha"-Segler waren Neubauten der Kieler Werften Johann Theede und Nicolas Lagoni.

Die *Hosianna, Maria* und *Maria-Magdalena* hat Heinrich Johann Lohmann in den fünfziger Jahren noch selbst geführt. Unter den anderen Kapitänen werden weitere „Lohmänner" erwähnt, dazu zwei Kapitäne Rühr aus einer noch heute auf dem Ostufer der Förde ansässigen Familie. Was die Reisen der Segler betrifft, so weiß man im einzelnen nichts weiter, als daß die größeren vielfach zu den dänischen Besitzungen in Westindien segelten: nach St. Thomas, St. Croix und St. John. Die Barkentine *Heinrich Lohmann* wurde 1881 von einem Wilken Stehr gekauft und machte unter einem Kapitän Bohn als Blankeneser Schiff folgende Reisen: Von Hamburg zum Golf von Guinea und zurück nach Marseille, dann von Bote nach Santos, über Nuevitas (Kuba) zurück nach Falmouth; von Le Havre nach Batavia, Makassar, Gorontalo zurück nach Rotterdam. Am 11. Februar 1886 strandete *Heinrich Lohmann* auf

Celebes und ging total verloren. Das gibt zusammengenommen eine gewisse Vorstellung vom sogenannten „Aktionsradius" der damaligen, noch relativ kleinen Segelschiffe: Mein Feld ist die Welt!
Während andere Kieler Reedereien unter starker Beteiligung außenstehender Geldgeber vielfach Partenreeder waren, waren die Lohmannschen Schiffe ausschließlich Eigentum dieser Familie, des größten Kieler Schiffseigners. Nur drei Segler waren auf Partnerschaft bzw. mit Aktien gebaut.

Zeiten und Umstände änderten sich. 1874 wurde Heinrich Johann Lohmann zum zweitenmal Witwer. Seine jetzige Ehefrau Margarete, geborene Damlos, war nach der Geburt des neunten Kindes gestorben. Heinrich Johann, fünfzig Jahre alt, muß zudem erkennen, daß die Ära der Segelschiffe in Kiel zu Ende geht. Christian Ivers, vormals Commis bei Lohmann, und W. Paulsen versuchten es in ihrer eigenen Reederei noch mit eisernen Neubauten (Bark *Möve*, Barkentine *Vigilant* u. a.), stellen sich aber schon bald auf Dampfschiffahrt um. Kiels größter Segelschiffsreeder aber überträgt jetzt seinen Erwerbssinn vom Wasser auf das feste Land, wo er ohnehin die Schiffsausrüstung am Wall besitzt. Nach 1883 haben die Lohmanns kein Schiff mehr, nach 1884 werden sie nicht mehr als Reederei bezeichnet.
Bereits 1877 hatte Heinrich Johann Lohmann mit Wilhelm Polascheck, einem Holzfachmann, eine Bauholzhandlung gegründet: Polascheck & Lohmann. Diese entwickelte sich im Laufe der Zeit zu einem der führenden Unternehmen der Branche. Heinrich Johann dachte nun daran, die Früchte seiner Arbeit zu genießen. Er wohnte nicht mehr am Wall, wo ihn noch die große Kieler Sturmflut vom 13. November 1872 bedrängt hatte. Ein anderes Wohnhaus (Düsternbrooker Weg 56) hatte er an Krupp verkauft und war mit seiner dritten Frau am Düsternbrooker Weg Nr. 43 ansässig geworden. Frau Luise Lohmann, geborene Unbehauen, überlebte ihren Gatten, der nach einem Schlaganfall und einem langen Krankenlager sein arbeitsames Dasein am 21. August 1901 beendete.
Es gibt viele Anekdoten über ihn. Sein Gerechtigkeitssinn, seine Sparsamkeit, sein Hang am Althergebrachten trieben entsprechende Blüten. Zeitverschwendung lag ihm nicht. Er kritisierte die Klavierstunden seiner Enkelinnen und meinte, auch Sprößlinge wohlhabender Häuser sollten sich vorerst nützlicheren Dingen widmen, wie Kochen und Strümpfestopfen. Er sah auf den Pfennig, verschenkte einen Taler an einen Schiffsjungen — um ihn im gleichen Atemzug zum Sparen zu ermahnen. Andererseits unterhielt er die aufs beste ausgerüstete Lustyacht *Sylphe* (mit Kajüten für sechs Damen und sechs Herren), kreuzte in den dänischen Gewässern umher und nahm an der ersten Kieler

Regatta größeren Stils teil, einer Vorläuferin der Kieler Woche am 23. Juli 1882. So formt sich alles zum Bild einer ausgeprägten Persönlichkeit.
1901 ging die Holzhandlung Polascheck & Lohmann auf den Sohn Peter Andreas Lohmann über. Sie lag zuerst am Neumarkt, Ecke Fleethörn. Eines ihrer Zweiglager befand sich an der Stelle der heutigen Landeszentralbank. Die Firma besaß ein Grundstück in der Haßstraße und war zeitweilig noch auf dem Gelände des Güterbahnhofes, auf der Kippe und in der Wilhelminenstraße vertreten. Im Zuge des Aufschwungs nach der Jahrhundertwende zogen Polascheck & Lohmann auf das Grundstück Holtenauerstraße 65, das sich auf seiner Rückseite bis zum Knooper Weg erstreckte. In der dritten Generation wieder in den Händen eines H. J. Lohmann, durchstand das alte Kieler Haus den Sturm und den Feuerbrand der folgenden Jahrzehnte. Vorübergehend von Plön aus geleitet, beteiligte es sich stark am Wiederaufbau der Stadt Kiel nach dem Zusammenbruch.
Heute sind die eigentlichen Namensträger tot. Auf dem Grundstück in der „Holtenauer" etablierte sich eine Großhandlung für Bürotechnik und nichts erinnert mehr an Holz, von Segelschiffen ganz zu schweigen. Die alten, schönen Wohnsitze der Lohmanns am Düsternbrooker Weg, sichtbar auf Hafen und Förde ausgerichtet, gehören der Vergangenheit an. Alles hat sich verwandelt. Erst dem Chronisten, der hinter die Dinge zu sehen versucht, eröffnen sich überraschende Blickpunkte. Der Kieler Schiffahrtsgeschichte begegnet man zuweilen dort, wo man sie am wenigsten erwartet. Ihre Namen, ihre Familien und ihre Leistungen stehen denen weitaus größerer Hafenstädte in nichts nach.

Die Reederei Chr. Ahrens und ihre Nachfolger:

Wasser hat doch Balken

Zu den ständigen Einfuhrgütern des Kieler Hafens gehört seit alters her auch das Holz, sei es in Form von Balken und Brettern, oder gelegentlich auch als Baumstämme. Alte Kieler mögen sich aus ihrer Jugendzeit noch des romantischen Bildes der Segelschiffe erinnern, die damals mit dem Gesicht zum Eisenbahndamm festmachten, wo man aus ihren Bugpforten Planke für Planke herausmannte. Heute erscheint am gleichen Fleck jeden Sommer ein Sowjetfrachter, der seine Ladung Schnittholz mit Kränen von Bord gibt. Das alles ist nicht so einfach, wie es auf den ersten Blick aussehen mag.
Im jahreszeitlich bedingten Holztransport zählen nur die eisfreien Monate, in denen die Schiffe ihr bestes tun, so viel wie möglich heranzuschleppen, ehe der nächste Winter die nordischen Holzhäfen aufs neue blockiert. Das geschieht zuweilen buchstäblich über Nacht. Am Vorabend des Weihnachtsfestes 1965 erreichte das Küstenmotorschiff *Gerhard Jakobi* mit einer Holzladung aus Finnland endlich den Kieler Hafen. Dem Ladungsempfänger fiel ein Stein vom Herzen; denn Sturm, Nebel und drohendes Eis hatten die Ankunft des Schiffes um fast zwei Monate verzögert und bange Zweifel ausgelöst.
Der Empfänger der Ladung war Chr. Ahrens, Holzhandlung und Holzbearbeitung, zu Kiel. Die Firma ist solchen Kummer gewohnt. Die Gefahren der See wurden ihr schon an der Wiege gesungen, und von der Branche her gesehen hatte schon früh das Wasser für sie Balken. Das ist eine längere Geschichte.

Zu Beginn des 19. Jahrhunderts gab es in Wismar einen Kapitän und Schiffseigner Joachim Christoph Ahrens (1773—1846), der sich in der Holzfahrt betätigte. Deren Kapitäne pflegten das Holz in Finnland und Nordschweden auf eigene Rechnung einzukaufen und es in den Küstenplätzen Schleswig-Holsteins wieder an den Mann zu bringen. So entstand der hiesige Holzhandel, der zu den ältesten Importhäusern der Branche gehört und, über große Zeiträume und mehrere Generationen hinweg, bis zu 250 Jahren im Besitz von Familien geblieben ist. Er liefert ohne weiteren Zwischenhandel unmittelbar an die Abnehmer aus Kreisen des Handwerks und der Bauindustrie.

Dem Kapitän Ahrens wurde 1815 ein Sohn geboren, Christoph Ahrens. Dessen Absicht, es einmal dem Vater beruflich gleichzutun, vereitelte seine ständige Seekrankheit. Die Seefahrt kam ihm eben zum Halse heraus, so daß er sich entschloß – und das zu seinem Glück – in die kaufmännische Lehre der Kieler Reederei Johann Schweffel einzutreten und danach auch dort zu verbleiben. Kiel war zwar dänisch, der König von Dänemark als Herzog von Schleswig-Holstein jedoch Mitglied des Deutschen Bundes. Der Reeder Schweffel hatte keinen männlichen Erben, und so kam es, daß sein langjähriger Mitarbeiter Chr. Ahrens als Neununddreißigjähriger die bedeutende Reederei übernahm und ab 3. September 1854 unter eigenem Namen weiterführte.

Um 1858/59 läßt sich folgender Schiffspark nachweisen: *Vorwärts I* (46 Last groß, Kapitän Oestermann), *Johann Schweffel* (57 Last, Kapt. Kock), *Kiel* (62 Last, Kapt. Rickert), *Ernestine* (79 Last, Kapt. Radhauge), die von dem damals sehr bekannten Schiffbaumeister Conradi gebaute *Urania* (82 Last, Kapt. Mildenstein), *Courant* (84 Last, Kapt. Treimer), *Dorothea* (100 Last, Kapt. Diewitz), *Gustav und Marie* (150 Last, Kapt. Johannsen), ferner *Holstein, Auguste* und *Mathilde.* Nicht ganz geklärt ist die Zugehörigkeit des 56 Last großen *Bernhard,* der möglicherweise dem Eigner Howaldt, dem Kompagnon von Schweffel, zugeschrieben werden muß. Zum Größenvergleich: 1 Last = 3,25 Kubikmeter, 1 BRT = 2,83 Kubikmeter. Es waren alles Segelschiffe.

Seiner Zeit vorauseilend entschloß sich Chr. Ahrens zu etwas Ungewöhnlichem und ermunterte die „Maschinenwerkstatt Schweffel und Howaldt", ihm ein Dampfschiff zu bauen, den *Vorwärts II.* Damit beginnt eine große Kieler Schiffbautradition. Die Firma Chr. Ahrens aber blieb ihrem Wesen nach eine Segelschiffsreederei und allen typischen Unsicherheiten und einem abenteuerlichen Auf und Ab ausgeliefert, zumal ihre Segler in aller Welt verkehrten. Ein Schiff strandete infolge fehlerhafter Navigation im Kalmarsund vor Schweden. Ein anderes fiel vor der südamerikanischen Küste einem Pampero zum Opfer. Ein drittes wurde im Chinesischen Meer von einem Taifun angeschlagen und lag noch lange Zeit als Kohlenhulk in Hongkong. Gerne und nicht ohne Stolz pflegte Chr. Ahrens von einem verwickelten Waffentransport nach Wladiwostok zu erzählen. Es hatte Zahlungsschwierigkeiten mit den Russen gegeben, aber der Reeder bestand so hartnäckig auf seiner Forderung, daß die Angelegenheit von Bismarck selber und seinem Auswärtigen Amt aufgegriffen und zugunsten von Ahrens erledigt wurde.

Praktisch gingen alle Segler verloren. Was nützte es schon, daß inzwischen anstelle des Danebrog die schwarz-weiß-roten deutschen Farben über ihnen flatterten. Ein neues Zeitalter war angebrochen, und die Verhältnisse forderten gebieterisch die Umstellung auf Dampfschiffe. Das aber überstieg die finanziellen Kräfte eines einzelnen, zumal man in der auf die Gründerjahre gefolgten Wirtschaftskrise steckte. Chr. Ahrens hatte einmal dem Kieler Dampfschiffbau die Bahn gebrochen, der alternde Ahrens mochte nicht mehr. Er gab die Reederei auf. In den sechziger Jahren unseres Jahrhunderts lebte in Kiel noch der letzte seemännische Angestellte der Reederei, der damals 90jährige Ivens.

Chr. Ahrens aber betätigte sich fortan im Holzgeschäft, mit dem er ohnehin verbunden war. Comptoir und Lagerplatz befanden sich bis 1906 in der Vorstadt 41, der späteren Holstenstraße. Als der Firmengründer 1900 starb, folgte er seinem Sohne Hermann, den ein Kriegsleiden von 1870 vor ihm dahingerafft hatte. Der zweite Sohn, Christoph, starb kurz nach dem Vater. Das Geschäft wurde nun vom Sohne Eduard Ahrens und dessen Schwager Michaelis fortgeführt und 1906 zum Knooper Weg 99/103 verlegt, wo jetzt das Postamt steht.

1914 folgte der Enkel Walther Ahrens, in dem sich die Verbundenheit der Firma mit dem nassen Element besonders stark verkörperte. Er nahm in das Programm der Holzbearbeitungsfirma den Bau von Rettungsbooten und Segelyachten auf. Neben Bootslieferungen für die Neubauten der Germania-Werft verkaufte er, selbst begeisterter Hochseesegler, eine Yacht an Prinz Heinrich von Preußen, den Bruder des letzten deutschen Kaisers. Seine Motorboote waren gefragt und dienten so gegensätzlichen Zwecken wie dem norwegischen Seezoll und dem Spritschmuggel gleichermaßen —, wenn auch die Schmuggler mit ihnen nicht immer umgehen konnten und ein Ahrens-Schnellboot mit voller Fahrt auf die Klippen setzten!

Am 12./13. Oktober 1936 brannte die Fabrik durch ein nie aufgeklärtes Riesenfeuer nieder. Glücklicherweise blieben die Schuppen und Holzstapel verschont. 1937 wurde der Betrieb zum jetzigen Sitz, Am Eichkamp, verlagert. Im Juli 1944 nahezu ausgebombt, bekam das Werk im April 1945 den Rest. Walther Ahrens (1885—1964) wurde schwer verwundet.

1949 fing man von neuem an. Die Zeiten, in denen die Segler mit dem Steven am Kai lagen und aus den Bugpforten Holz aus Schweden, Finnland, Ostpreußen und Memel löschten, sind vorbei. Der heutige Holzhandel hat sich auch auf überseeische Länder ausgedehnt, wie die USA, Brasilien, auf Äquatorialafrika. Und der vorerwähnte sowjetische Frachter schleppt seine Ladung von der Mündung des Jenissei an der Küste Sibiriens herbei. Außerdem handelt die Firma mit Weichfaserdämmplatten und vorgefertigten Holzbauteilen, bemerkt der jetzige Chef des Hauses, Walther Christoph Ahrens. Mit ihm ist die vierte Generation im Holzgeschäft, die fünfte mit dem Wismarer Kapitän.

Im Schloß zu Gottorf steht die Inneneinrichtung eines alten Comptoirs, das als Sehenswürdigkeit gilt und später einmal seinen Platz in einem erhofften Kieler Museum haben soll. Es sind Relikte aus dem Schweffelhaus. An seinem Stehpult hat vor weit über hundert Jahren der erste Chr. Ahrens gestanden und mit Federkiel und Sand im Hauptbuch hantiert. Die Schreibutensilien haben sich inzwischen geändert, das Hauptbuch ist geblieben.

Eine neue Zeit bricht an:

Johann Schweffel macht Dampf

„... Sie empfangen zu der besprochenen Reise nach England 120 Reichsthaler Courant, womit Sie die Kosten auf manierliche und ökonomische Weise bestreiten und mir nach Ihrer Rückkehr Rechnung darüber ablegen wollen. Die Bestellungen, welche Sie für mein Dampfschiff in Newcastle zu machen für erforderlich halten, überlasse ich Ihnen und hoffe, daß wir uns beiderseits mit unserer Reise zufrieden und gestärkt in Kiel wiedersehen werden."

Das schrieb am 21. Juni 1837 der Kaufmann Johann Schweffel III an August Ferdinand Howaldt, den geschätzten „Mechanikus" seines Dampfschiffes *Löven*, das seit 1835 regelmäßig zwischen Kiel und den dänischen Inseln verkehrte. Er schickte den Vertrauten zu Armstrong & Co., Newcastle on Tyne, wo er zwei neue Kessel, einen neuen Schornstein und Flurplatten für die *Löven* bestellen sollte, und vermerkt an anderer Stelle: „Wir haben das Dampfschiff sehr billig übernommen und beabsichtigen, es jetzt besser und zweckmäßiger einzurichten."

Diverse Mängel in der englischen Ware, die erst im Frühjahr 1838 hier einging und noch dazu 120 Pfund Sterling an Fracht kostete, lassen ihn wieder zur Feder greifen und an die Lieferanten die unverblümten Worte richten: „... wir sind der Meinung, daß wir Ihnen mit dergleichen Aufträgen nicht wieder beschwerlich fallen werden, und trifft man bei den deutschen Manufakturen viel mehr Reellität als bei den englischen."

Wahrscheinlich ist es dieses enttäuschende Ergebnis und der offensichtliche Bedarf, die Schweffel veranlassen, zusammen mit seinem Mechanikus August Ferdinand Howaldt am 1. Oktober 1838 die Maschinenbauanstalt und Eisengießerei „Schweffel & Howaldt" zu gründen. Sie lag auf der Rosenwiese, dem jetzigen Eisenbahndamm, und ist — um es gleich vorweg zu nehmen — ein Vorläufer der jetzigen Howaldtswerke — Deutsche Werft AG insofern, als Howaldts Sohn Georg nach einem vorübergehenden Betrieb in Ellerbek auf dem Dietrichsdorfer Gelände an der Schwentinemündung im Jahre 1876 ein neues Werk aufmacht, das er „Georg Howaldt, Kieler Schiffswerft" nannte. 1889 wurde die alte Maschinenfabrik und Gießerei mit der jüngeren Werft in Form einer Aktiengesellschaft unter dem Namen „Howaldtswerke" vereinigt. Hieraus entwickelte sich nach mehrfachem Besitzerwechsel eine der größten Werften der Welt, nämlich die Kieler Wiege der heutigen Hunderttausendtonner.

Doch zurück zum Anfang: Der Maschinenbauanstalt und Eisengießerei Schweffel & Howaldt von 1838 ging es so gut, daß sie schon in den Anfangsjahren bis zu 120 Arbeiter beschäftigte. Unter anderem baute sie für die Reederei Chr. Ahrens ein Dampfschiff, die *Vorwärts*, und 1850/51 das sensationelle Tauchboot von Wilhelm Bauer, an das heute eine bronzene Plakette am Gebäude Eisenbahndamm 13 b erinnert. Was die beiden Firmeninhaber betrifft, so war der technische Leiter, A. F. Howaldt, 1809 in Braunschweig geboren. Er hatte fünf Jahre lang Mechaniker gelernt, danach in Hamburg gearbeitet und war durch Empfehlung 1835 auf die *Löven* gekommen. Man weiß von ihm noch, daß er „wegen zu hoher Losnummer und zu geringer Körpergröße" von der Wehrpflicht befreit wurde und sich bei der Gründung der Firma in Kiel einbürgern ließ.

Johann Schweffel III (1796—1865) gehörte zu einer seit 1747 in Kiel ansässigen Kaufmannsfamilie. Johann Schweffel I (geboren um 1721 in Meldorf) galt noch als „Gewürzkrämer", eine leicht untertriebene Berufsbezeichnung, da er immerhin 1775 das repräsentative Schweffelhaus bauen ließ. Sein Sohn, Johann Schweffel II, trat bei seiner Heirat 1784 als Kompagnon in des Vaters Geschäft ein, das fortan „Johann Schweffel & Sohn" hieß. 1802 dehnten sie den Handel auf Steinkohle und Eisen aus. Das Metall trat schließlich in den Vordergrund, die buchstäblich „eiserne Zeit" brach an: das Maschinenzeitalter. Johann Schweffel III, damals 23 Jahre alt, übernahm am 1. Januar 1819 die renommierte Firma. Sein Vater war 1808 verstorben, und sein älterer Bruder besaß ein Geschäft in Amsterdam. Nach dem „Kieler Wochenblatt" errichtete Johann Schweffel III schon „in den zwanziger Jahren eine eigene Schiffswerft auf der Rosenwiese, die er später vermietete".

Schweffels Geschäfte verlaufen in drei Richtungen: Handel, Reedereibetrieb und eine wachsende technische Produktion, wobei das Dampfschiff *Löven* immer als eine Art Versuchsobjekt dient. Außerdem wird ihm der Besitz von drei Segelschiffen zugeschrieben, doch lassen sich aus alten Kieler Papieren noch mehr nachweisen. So lieferte ihm der Kieler Schiffbaumeister Heinrich Jacob Graepers, der 1825 in Schweffels Dienste getreten war, im Jahre 1827 die 78 Fuß lange Brigg *Fortuna*. Ferner für „Schweffel & Sohn" 1828 die Schaluppe *Fanny*, 53 Fuß lang. Im Jahre 1831 ist es die 71 Fuß lange Brigg *Caroline*, und 1840 folgt die Bark *Bürgermeister Jensen*, 96 Fuß lang. Diese Bark wurde in den fünfziger Jahren verlängert und zum Fregattschiff (Vollschiff) umgetakelt. Der Kieler Schiffbauer Joachim Gottfried Frahm baute 1829

für eigene und „Schweffel & Sohn"s Rechnung die Brigg *Charlotte;* Nicolai Wilhelm Lagoni lieferte noch sehr viel später, nämlich 1849, die Brigg *Dorothea* (86 Fuß). Johann Gottfried Theede baute 1852 die Schonerbrigg *Pauline* (71 Fuß), für die Schweffel als Korrespondenzreeder tätig war, ebenso wie für die 1853 von Lagoni abgelieferte *Kiel,* eine Schonerbrigg von 74 Fuß.
Von acht in Kiel gebauten Segelschiffen erscheinen einige unter der Flagge von Chr. Ahrens wieder, die oben erwähnte verlängerte Bark avancierte, in *Gustav und Marie* umbenannt, zum Spitzenschiff der neuen Reederei, als Schweffels langjähriger Prokurist Ahrens dessen Schiffe übernimmt und vom 3. September 1854 an unter eigenem Namen weiterführt. Schweffel selbst betätigt sich später als Aktionär in der Seeschiffahrt, als auch dort die Aktiengesellschaften „in Mode" kamen.
Das eigentliche Motiv für den plötzlichen Verkauf der Segelschiffe, von denen einige verhältnismäßig jung waren, scheint der unerwartete Aufschwung des technischen Geschäftes gewesen zu sein. Der sehr anpassungsfähige und technisch begabte Unternehmer Johann Schweffel III widmet sich nun mit aller Energie diesen Möglichkeiten. Anfängliche Schwierigkeiten durch den Einspruch der Zünfte gegen das „Abwerben" handwerklicher Arbeitskräfte und das Ausführen dieser Arbeiten sozusagen auf eigene Faust, werden „mit allerhöchster Konzession" beigelegt, sowohl bei „Schweffel & Howaldt" als auch bei dem Schiffbauer Joachim Gottfried Frahm. Die Zünfte sträuben sich nichtsdestoweniger weiterhin gegen eine Gewerbefreiheit und schlagen dabei ganz aktuelle Töne an, wenn sie mahnen, „... diese Freiheit doch nach unserm einfachdeutschen und nicht durch juristische Spitzfindigkeiten geleiteten Verstande dahin auszulegen ..., nicht die große Geldmacht des Einzelnen zu bevorzugen und den ganzen zahlreichen gewerblichen Mittelstand untergehen zu lassen, (und damit) neue Proletarier und Millionäre im Staat zu schaffen ..., welche die unglückseligen Februar- und Märztage von Paris, Wien und Berlin heraufbeschworen haben." Aber die neue Zeit marschiert — mit Volldampf!
Schon Ende 1844 schreibt Johann Schweffel an seinen ältesten Sohn, den er an der Technischen Hochschule Hannover studieren läßt: „Wenn es so fortgeht, so wird das Fabrikgeschäft wichtiger wie mein Handel." Er war in das aufblühende Eisenbahnwesen eingestiegen. Sein Werk baut eine Drehscheibe für Altona, Tender für Glückstadt und 20 Güterwagen. Es wird von einem Grundstücksverkauf für die Altona-Kieler Eisenbahn gesprochen, von einer erweiterten Fabrik auf der Rosenwiese. Sein technischer Enthusiasmus geht so weit, daß er, als er jemandem ein Geschenk machen soll, ein Bild von Sir James Watt wählt, dem Verbesserer der Dampfmaschine.
1845 baut Schweffel selbst Lokomotiven und erwirbt Aktien der Westholsteinischen Eisenbahn, kassiert von der Altona-Glückstädter 45 000 Courantmark

und erhält später Aufträge für die Glückstadt-Heider Bahn. Nach dem Muster der Leipzig-Dresdener baut er 12 Güterwagen für die Berlin-Hamburger Eisenbahngesellschaft, desgleichen für die Kopenhagen-Roskilde-Bahn. Um allen Aufträgen nachzukommen, läßt er zeitweise bis zehn Uhr abends arbeiten. Als Arbeitgeber ist Johann Schweffel hochgeschätzt. Seine Werkstätten werden mit Dampfheizung ausgestattet. Er richtet für die Belegschaft eine eigene Sparkasse ein und veranstaltet für Fabrik- und Schiffspersonal regelrechte Betriebsfeste. Auch in sozialer Hinsicht ist er seiner Zeit voraus.
Zusammen mit August Ferdinand Howaldt beschäftigt er sich ständig mit Dampfmaschinen und -kesseln, die in seiner Vorstellung einen breiten Raum einnehmen. Seinem ältesten Sohn empfiehlt er, sich die neuen Maschinen und Röhrenkessel englischer Herkunft an Bord eines Dampfers *Geyser* anzusehen. In seinen Werkstätten entstehen die neuen Kessel für das verunglückte Dampfschiff *Frederik VIII.* Im Jahre 1846 setzt er sich gegen dänische Konkurrenten durch und wird beauftragt, das 30-PS-Dampfboot *Hebe* mit neuen Kesseln zu einem königlichen Fährboot zwischen Wik auf Föhr und dem Festland aufzurüsten. Der Kanalinspektion des Eiderkanals in Rendsburg macht er ein Angebot wegen des Dampfschiffes *Eider,* für die *Obotrit* in Wismar liefert er einen Kessel mit 100 PS Leistung. Zwischendurch entsteht ein Dampfbagger, der 42 000 Courantmark kosten soll. Seinem Sohne rät er wiederholt, auch in England Erfahrungen beim Bau leistungsstärkerer Dampfmaschinen zu sammeln. Ende der vierziger Jahre wünscht er ihm viel Glück bei der Konstruktion einer Turbine.

Wie ein roter Faden zieht sich durch alle diese Aktivitäten das Schicksal des Dampfschiffes *Löven.* Nach einer alten Abrechnung von 1838 beförderte es auf Reisen nach Wordingborg (?), Faaborg und Sonderburg insgesamt 2 480 Passagiere. Es erzielte einen Überschuß von 1 684 Courantmark, „die reichlich erforderlich sind, um Schiff und Maschine wieder instand zu setzen. Ein Dampfschiff muß, weil Kessel und Kupferhäutung in sechs Jahren abgenutzt sind, einen jährlichen Reingewinn von 15—20 Prozent anlaufen." Nachdem die *Löven* erst 1838 mit einer im übrigen so unerfreulichen Lieferung von Armstrong & Co. verbessert worden war, erhielt sie 1844 schon wieder neue Kessel, Kolben und Stangen, diesmal aber aus eigener Produktion. Ihre Feuerstellen werden vergrößert, wodurch sie mehr Dampf gewinnt, schneller wird und mehr transportieren kann. Noch immer verkehrt der Dampfer zwischen Kiel und Dänemark. Am 23. März 1848 schreibt Schweffel, „hat *Löven* wieder drei brillante Touren für Copenhagen gemacht. Gestern ging er wieder mit 80 Personen, 4 Pferden, 1 Wagen und 37 Reichsthaler-Silberbarren ab."

Dabei beobachtet sein Eigner aufmerksam die Konkurrenz, vermerkt u. a. „ein neues Schiff für Donner, das die Reise nach Copenhagen in 13 Stunden machen wird." Notiert eine Kopenhagen-Fähre namens *Christian VIII.*, „auf der Jacob Diedrichsen als Maschinist engagiert wurde", oder „Herr Schmidt bekommt ein neues Dampfschiff von Glasgow, auf dem Nelson Maschinist werden soll." Kein Wort über die Kapitäne, nur die Maschinisten erscheinen ihm erwähnenswert. Sie machen für ihn Dampf. Sein erster und bester Maschinist ist schließlich der technische Leiter und Teilhaber seines Unternehmens.
Johann Schweffel hat inzwischen Güterwagen und Dreschmaschinen produziert, Kessel, Kanonen und noch einiges mehr. Er ist ein Industrieller. Auf einer Englandreise sieht er vor seinem Londoner Hotel an der Blackfriars Bridge „täglich 600 Dampfboote passieren". In der Heimat Schleswig-Holstein kommt es wegen der Erbfolge der Herzogtümer zum Konflikt mit Dänemark. Es bildet sich eine schleswig-holsteinische Marine. Schweffel möchte, daß Möltenort befestigt und Kiel Kriegshafen wird. Im Kieler Flottenausschuß sitzt er neben August Ferdinand Howaldt, seinem früheren Kapitän Peter Bock von der *Caroline* sowie den Professoren Olshausen und Stein, dem Syndikus Christensen und Christiansen. Flottenvereine entstehen in Eckernförde, Heide, Elmshorn, Arnis. Überall kommt es zu öffentlichen Sammlungen, u. a. wird das Gedicht eines Eduard Lommatsch „Petri Befreiung aus dem Kerker" jeweils zum Preise von 3 Silbergroschen zum Besten der Flotte verkauft. Schweffel läßt den Namen seines 80-PS-Dampfschiffes ändern — aus dem dänischen *Löven* wird der deutsche *Löwe* — dann übergibt er es für 45 000 Courantmark an eben diese Flotte, die es zum Kriegsschiff umfunktioniert. Auf den städtischen Bauplätzen entstehen unter den Händen von Hilbert, Lagoni und Theede Kanonenboote, denen wiederum Schweffel & Howaldt die Maschinen liefern. Die politischen Erwartungen erfüllen sich indessen nicht, noch nicht! Preußen muß kurz treten, und 1852 wird durch das Londoner Protokoll der Großmächte die weibliche Erbfolge für die dänische Gesamtmonarchie und somit auch für Schleswig-Holstein als verbindlich erklärt.
Johann Schweffel III widmet sich wieder seinen Maschinen und Kesseln. Als 1863 August Ferdinand Howaldt, der am Lorentzendamm wohnt, die silberne Hochzeit feiert, gibt Schweffel den Arbeitern einen „solennen Ball" im Lehmannschen Lokal an der Brunswik. August Ferdinand Howaldt (1809—1883) war mit Emma Howaldt geb. Diederichsen (1814—1893) verheiratet. Die Zeitgenossen nennen sie „die weit und breit am meisten geachtete Frau an der Schwentinemündung". Sie besaß den Adel der Herzensbildung in höchstem Maße, achtete den schaffenden Menschen im schlichten Kleide und ihre fürsorgende Art hatte ihr bei den Betriebsangehörigen den Ehrennamen „Mudder Howaldt" eingetragen.

Schweffel, der Gründer, erlebt noch 1864 und stirbt, ein Jahr danach, am 14. April 1865 im Alter von 69 Jahren. Von seinen zehn Kindern aus zwei Ehen überleben ihn nur vier. Der älteste Sohn, Johann Schweffel IV, war 1854 in die Leitung des Unternehmens „Schweffel & Howaldt" eingetreten. Dem jüngeren Sohn, Hermann Schweffel, hatte der Vater 1857 das Geschäft im Schweffelhaus vermacht (Eisen und Kohle). Der älteste Sohn verläßt nach 25 Jahren 1879 das Werk und lebt im Alter ganz zurückgezogen als Rentier. Bei seinem Tode hinterläßt er vier Töchter. Als der unverheiratete jüngere Sohn 1903 stirbt, gelangt seine Firma in andere Hände und heißt nun Timm & Kühl. Aus Schweffel & Howaldt wurden die Howaldtswerke. Der Name Schweffel ist erloschen, auch als Firmenname ist er verschwunden. Und das Schweffelhaus wird 1907 abgerissen.

Dieses 1775 von Sonnin und dessen Schüler J. A. Richter erbaute Haus stand An der Klinke 2, schräg auf dem jetzigen Übergang zwischen Kaffee Fiedler und dem Howehaus. Die Straßen verliefen damals anders als heute, und die Holstenstraße endete dort. Erst nach dem Abbruch des Hauses wurde sie bis zum späteren Thaulow-Museum fortgesetzt, wo heute der Betonklotz des Kaufhauses Hertie steht. Erinnerte der Dachgiebel des Museums noch entfernt an das Schweffelhaus, so findet man heute auch nicht mehr die leiseste Spur von jenem Gebäude, das einstmals „das größte und schönste Kieler Kaufmannshaus" gewesen ist und mehreren Generationen der Familie Schweffel als Wohn- und Geschäftshaus diente. Jenen Schweffels, die sich anfangs noch schlicht Gewürzkrämer nannten und die dann im heraufziehenden Maschinenzeitalter mächtig Dampf machten.

Die Reederei H. Diederichsen:

Zwischen Ostsee und Ostasien

Im ständigen Auf und Ab des Wirtschaftslebens erscheinen Namen und fallen wieder zurück, wie die Lichter von Schiffen in der Dünung. Sie glänzen und strahlen, werden kleiner, entfernen sich aus unserem Gesichtskreis und blinken nur noch gelegentlich wieder einmal über den Horizont. Das ist auch der Fall mit der ehemaligen Kieler Reederei H. Diederichsen. Ihre Hausmarke war ein weißes D auf blauem, weißgerändertem Grund.

Im „Gemeinnützigen Kieler Taschenbuch von 1821" wird eine Firma Diederichsen & Wille erwähnt, die mit Korn, Fettwaren, Steinkohlen und Mühlensteinen handelt. Mitinhaber dieser Firma ist ein Friedrich Andreas Diederichsen. Die Diederichsen waren seit 1709 in Kiel ansässig, als Seefahrer, Kaufleute und deputierte Bürger, wie man damals die Ratsherren nannte. Am 14. April 1813, Preußen hatte sich soeben mit Rußland zum Befreiungskrieg verbündet, wurde Friedrich Andreas ein Sohn geboren: Heinrich Diederichsen. Im Alter von vierundzwanzig Jahren, am 7. Juni 1837, gründete Heinrich Diederichsen seine eigene Firma. Die Zeit und die Umstände sind günstig, Handel und Verkehr werden durch den neuen deutschen Zollverein sehr gefördert.

Der junge H. Diederichsen ist schon welterfahren und war unter anderem als Betreuer einer Ladung (in der Branche heißt es als „Superkargo") für Diederichsen & Wille auf der Brigg *Doris* nach Westindien gesegelt. Seine eigene Firma etabliert er im Hause Schuhmacherstraße 11, unweit des väterlichen Geschäftes, kurz darauf am Wall, wo vor den Fenstern der angesehenen Kaufleute die Schiffe festmachen. Von 1844 bis 1866 befindet sich das „Comptoir-Geschäft" von H. Diederichsen zwischen Schumacher- und Pfaffentor, Am Wall 34. Aber die Stadt Kiel wächst, sie bekommt Eisenbahnanschluß, und auch der Hafen profitiert durch den neuen Eisenbahndamm. 1867 wird H. Diederichsen Besitzer des Hauses Eisenbahndamm Nr. 12, das in die Handelsgeschichte der Stadt Kiel eingehen soll und bis in die Neuzeit auf zahlreichen Bildern immer wiederkehrt.

Die Firma H. Diederichsen ist eine Reederei. Aber wie andere auch ist sie nicht nur und offenbar nicht in erster Linie Reederei. Sie befaßt sich mit Steinkohlen- und Kokshandel, ist Spediteur und Kommissionär, Agent für die Feuerversicherungs-Bank in Gotha und für die Union Assekuranz-Societät in

London. Mit ihren Schiffen scheint sie vor allem eigene Kohle von England zu importieren, die dann vor dem Hause am Kai gelöscht und vertrieben wird. Ein Schiffsregister des Jahres 1873 nennt unter H. Diederichsen die Bark *Adelheid* (221 ts), die Brigg *Adelheide* (223 ts) und die Galeasse *Christiane* (135 ts).

Am 1. Juli 1865 wird Heinrich Diederichsen II geboren. In diesem Zusammenhang gehört er zur dritten Generation, das Leben drängt nach. Als Folge des Krieges gegen Dänemark werden gerade Schleswig und Holstein an Österreich und Preußen abgetreten. Als Heinrich Diederichsen II noch jung an Jahren ins Geschäft einsteigt und 1888 die Firma übernimmt, lebt man schon im Deutschen Reich. Am 1. 3. 1899, kurz vor der Jahrhundertwende, die von vielen als der Beginn eines glücklichen Zeitalters unter der Regierung Kaiser Wilhelms II. angesehen wird, stirbt der Firmengründer. Nach zeitgenössischen Berichten gestaltet sich die Trauerfeier „zu einer imposanten Kundgebung der Theilnahme".

Um diese Zeit ist das reine Reedereigeschäft, an dem sich Geschäftsfreunde und nahe Verwandte beteiligen, mehr denn je nach vorne gerückt. Unter der Hausflagge laufen sieben Dampfer: *Mimi, Marie, Hermann, Holstein, Senior, Thea* und *Theodor Wille.* Ihre Tonnage beträgt zwischen 865 BRT und 3 667 BRT. Teils werden sie in der Kohlefahrt auf England beschäftigt, andere verkehren ständig zwischen Hamburg und Nordamerika. Sie machen sich gut und erbringen den Parteninhabern bis zu 12 Prozent Dividende, die noch in Gold ausbezahlt werden.

Heinrich Diederichsen II ist ein vielseitiger Unternehmer. 1900 kommt er als Mitinhaber der Kaffeeimportfirma Theodor Wille, Hamburg, in das südamerinische Geschäft. Mit einem Geschäftsfreund engagiert er sich im Ostasienhandel, Im- und Export. Unter anderem werden für die Shantung-Eisenbahn Lokomotiven und Brücken geliefert, umgekehrt kommen Chinawaren herein. Filialen entstehen in Hankau, Shanghai, Tsingtau, Tschifu, Tientsin, Peking und Wladiwostok. Im russisch-japanischen Krieg von 1904/05 kauft der kaiserlich-russische Konsul H. Diederichsen „eine Reihe größerer Transportschiffe" für den Nachschub. Der Krieg in Ostasien muß so etwas wie ein „Korea-Boom" gewesen sein, wie in unseren Tagen belebte er die Schiffahrt ungemein. Wir sind ihr nachgegangen.

Aus den sieben Dampfern der Jahrhundertwende sind für die Reederei H. Diederichsen nach einer Schiffsliste von 1906/07 insgesamt 17 Schiffe geworden: *Marie* (538 NRT), *Mimi* (540 NRT), *Hermann* (652 NRT), *Holstein* (826 NRT), *Gaarden* (1 703 NRT), *Wik* (1 810 NRT), *Rauenthaler* (1 813

NRT), *Forsteck* (1 814 NRT), *Ellerbek* (1 900 NRT), *Neumühlen* (1 940 NRT), *Thea* (2 208 NRT) und *Theodor Wille* (2 386 NRT).

Die weiteren fünf, offenbar in der chinesischen Küstenfahrt beschäftigt, operieren für H. Diederichsen, Jebsen & Co., Hamburg und Tschifu: *Taimochan* (720 NRT), *Eutin* (1 109 NRT), *Poschan* (1 825 NRT), *Syfang* (1 847 NRT) und *Lauschan* (2 056 NRT).

Drei Jahre später, 1908/09 – der Ferne Osten hat sich inzwischen wieder beruhigt – ist der Schiffspark auf zehn Dampfer zurückgegangen. Nach einmal erscheinen neue Namen: die angekaufte *Laboe* (749 NRT), die *Lysholt* (1 167 NRT) und die *Matilda Körner* (1 847 NRT).

Die Leistungskurve der Reederei, nach jahrzehntelangem Anlauf steil in die Höhe gegangen, fällt nun jäh ab. 1909/10 haben H. Diederichsen noch neun Schiffe. Verflechtungen mit anderen Reedereien sind nicht ersichtlich, auch Jebsen & Co. sind wieder ausgeschieden und in Apenrade ansässig. Ein Jahr später laufen für H. Diederichsen nur noch vier Einheiten: die *Laboe, Mimi, Lysholt* und *Theodor Wille.* Der 1914 beginnende Erste Weltkrieg kann der Reederei nicht mehr viel anhaben. Im Lloyds Register steht für die hellblaue Flagge mit dem weißen D nur noch die 1901 gebaute *Theodor Wille.*

Zwar sind seit 1909 für M. Jebsen in Apenrade die Dampfer *Jacob Diedrichsen* (988 BRT) und *Carl Diedrichsen* (1 243 BRT) registriert, von denen im Jahre 1914 noch der letztere vorhanden ist, aber andere Zusammenhänge als die einer bloßen Ähnlichkeit der Namen lassen sich heute nicht mehr feststellen. Nach dem Ersten Weltkrieg nimmt die Kieler Firma ihren Reedereibetrieb nicht wieder auf. Dagegen besteht in Apenrade auch noch heute die Reederei M. Jebsen. Sie ist auch noch immer in der Ostasienfahrt tätig. Aber die Namen der Diederichsen-Schiffe sind von den Meeren verschwunden und nur noch ganz wenigen alten Kielern erinnerlich.

Die Reederei H. Diederichsen erscheint als ein Zweigbetrieb eines Hauses mit unterschiedlichen Aktivitäten. Im Kaffeehandel der zwanziger Jahre hat es sich auf Brasilien und die USA ausgedehnt, im gleichen Zeitraum gehören ihm auch die Howaldtswerke Kiel und Hamburg. Womit wir wieder bei den Wurzeln der Familiengeschichte angelangt sind: Ein Karl Diederichsen war schon in der zweiten Hälfte des vorigen Jahrhunderts engster Mitarbeiter seines in der Kaffeebranche großgewordenen und mit bedeutenden Schifffahrtsagenturen verbundenen Vetters Theodor Wille. Und es war eine geborene Emma Diederichsen (1814–1893), die den Gründer der Howaldtswerke, August Ferdinand Howaldt (1809–1883) heiratete und als „Mutter Howaldt“ wegen

Christoph Ahrens (1815-1900)

Geschäfts- und Wohnhaus
der Firma Chr. Ahrens
in der Vorstadt 41
(später Holstenstraße 73)
um die Jahrhundertwende

Segler der Reederei Chr. Ahrens *Holstein* (oben) und *Auguste* (unten)

Das Schweffelhaus, errichtet 1775, an der Klinke 2 vor dem Abbruch 1907.
Es war das größte und schönste Kieler Kaufmannshaus seiner Zeit.

Johann Schweffel III
(1796-1865)

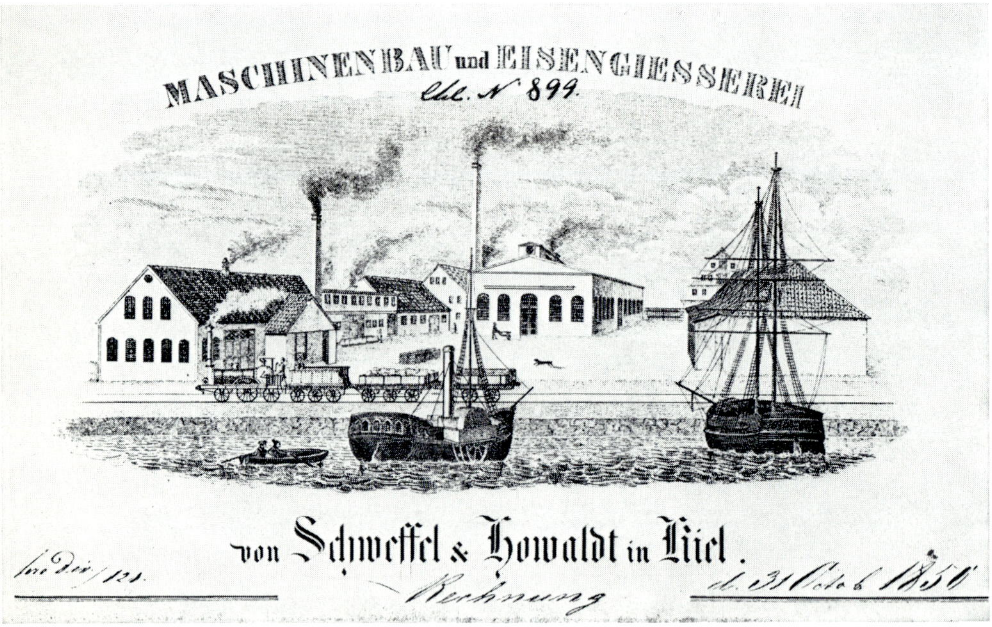

Briefkopf der Eisengießerei und Schiffswerft Schweffel & Howaldt
aus den 1850er Jahren

ihrer Fürsorge und Herzenswärme unter den Werftleuten ungewöhnliche Verehrung genoß.
Heinrich Diederichsen II, der dritten Generation angehörend und eine zeitlang auch Reeder, starb 1942. An den Förderer der Universität und zweifachen Ehrendoktor erinnern in Kiel einige Stiftungen. Der Firmenname ging in die Gruppe der Glückauf-Handelsgesellschaft über und diese wiederum auf Zerssen & Co.

Unter Segel, Dampf und Diesel:

Ein Minderjähriger gründete Sartori & Berger

Zehn Jahre nach dem Zweiten Weltkrieg trugen fünf moderne, dieselelektrisch angetriebene Motorschiffe Wappen und Namen der Stadt Kiel über den Atlantik: *Alexandra –, Francisca –, Catherine –, Clemens –* und *Christian Sartori.* Sie gehörten dem Hause Sartori & Berger, wobei der Ton auf Sartori lag und Berger seit 1862 nur noch eine firmengeschichtliche Staffage bildete. Die Schiffe selbst rangierten in der langen Namensliste der 1858 gegründeten Firma unter den laufenden Nummern 101–105. Es ist dies eine Aufzählung, die von einer kleinen Galeasse bis zur Brigg und Bark, vom Raddampfer bis zum Doppelschrauber die Entwicklung der Schiffahrt über ein Jahrhundert hinweg schlechthin zeigt.

Im engen Rahmen eines kurzen historischen Abrisses dieses großen Kieler Schiffahrtsunternehmens muß der Verfasser zwangsläufig so mancher ausschmückenden Adjektive entraten, wie sie in einer hauseigenen Jubiläumsschrift noch Platz haben. To make a long story brief –, kaufmännische Tüchtigkeit, kluge Voraussicht, nie erlahmende persönliche Energie der Geschäftsführung und der verantwortlichen Mitarbeiter, das alles wurde durch den Erfolg bestätigt.

Als am 1. Januar 1858 der als Sohn eines Handwerkers zu Lübeck geborene, gelernte Kaufmann August Sartori in Kiel sein Schiffsmakler-, Speditions- und Ausrüstungsgeschäft gründete und bald zur Reederei erweiterte, war er noch nicht einmal volljährig und mußte sich eines älteren Partners bedienen, jenes besagten Bergers. Er war erst seit drei Jahren in Kiel ansässig, hatte gegen eine seiner Meinung nach unterbezahlte Stellung in einer alten Kieler Maklerei aufbegehrt und fast, wie es nach flüchtigem Hinsehen erscheinen mag, aus einer Trotzreaktion heraus sich auf eigene Füße gestellt. Daß er angesichts der ersten, von den Vereinigten Staaten ausgegangenen Weltwirtschaftskrise des Jahres 1857 überhaupt einen Partner gefunden hatte, spricht für seine überzeugende Art. 1862 schied Johann Albert Berger verabredungsgemäß aus der Firma Sartori & Berger wieder aus, ohne ihr mehr als seinen noch heute erhaltenen Namen zu hinterlassen. Als August Sartori 1903 starb, 66 Jahre alt, war er Königlich Preußischer Geheimer Commerzienrath und seine Firma zu einem Begriff in der Kauffahrtei geworden. Kurz zuvor hatte sie ihr 79. Schiff in Dienst gestellt, den bei Howaldt gebauten Dampfer *Frida*. Die Erben der Firma, die Söhne August und Paul, wurden in Kiel britische, französische und amerikanische Konsuln. Am 2. Mai 1910 begrüßte Paul Sartori den ehemaligen Präsidenten der Vereinigten Staaten, „Teddy" Roosevelt, als Passagier an Bord des hauseigenen Passagierdampfers *Prinz Adalbert*. Roosevelt war mit seiner Familie auf einer Reise nach Skandinavien.

Soviel vorweg zur außerordentlichen Entwicklung eines Unternehmens, das zuerst im Hause Damenstraße 54 a des 16 000 Einwohner zählenden Kiel sein „altes Comptoir" hatte. Mit dem Schoner *Elise* (47,5 Commerzlasten) und der Schonerbrigg *Paul Emil* (83,5 Commerzlasten) nahm man 1862 die ersten Geschäfte als Korrespondenzreeder auf und beteiligte sich an weiteren Seglern: an einer Brigg *Adelaide*, Bark *Adelheid* (245 BRT) und an der Galeasse *Wilhelm* (25 Commerzlasten). Bis auf die angekaufte Tonnage sind es fast ausschließlich Kieler Schiffbauer, die dem Hause im Laufe der Jahrzehnte zahlreiche Neubauten liefern: Reuther & Ihms, Conradi, Conradi & Sohn, Chr. Lorenz Bock, Th. Bruhn, Georg Howaldt, Norddeutsche Schiffsbau-AG. Vor allem der Howaldts-Werft bleiben sie lange verbunden. Wie es der Zufall so wollte, das fünfzigste Schiff der Reederei, die bei Howaldt erbaute *Emma*, war zugleich der hundertste Neubau der heute weltberühmten Werft.
Mit wenigen Ausnahmen (so der Schoner *Fehmarn*, die ersten Schraubendampfer *Holsatia* (106 BRT) und *Union* aus den Jahren 1867/68 tragen die Schiffe von S & B unter der weißen Flagge mit dem roten Andreaskreuz alle Vornamen: *Wilhelm, Anton, Adele, Ida, Toni, Franziska* usw. Teils sind es eigene Fahrzeuge, teils werden sie im Auftrage anderer von ihnen bereedert. Den damaligen Umständen entsprechend wechselt ihre eigene Tonnage noch verhältnismäßig oft. Hinter manchem Schiffsnamen liest man „nach Dänemark, Schweden, Italien verkauft, nach China und Japan verkauft, nach Wyk auf Föhr verlegt, nach Wismar und Stettin verkauft". Aber ebenso häufig auch „untergegangen, gesunken, verschollen, gestrandet, als Wrack deklariert". Schicksale Kieler Schiffe! 1882 wurde die kleine Brigg *Hermann* (107 BRT) in einem Taifun in der Chinesischen See zum Kappen der Masten gezwungen und mit sechs Fuß Wasser im Raum schließlich von einem Dampfer eingeschleppt. Ein Jahr zuvor war die *Adele* (194 BRT) in Flammen aufgegangen. In einer Dezembernacht des Jahres 1898 schlug die aufgebrachte See zwischen Bornholm und der pommerschen Küste dem Dampfer *Adele* (273 BRT) die Luken ein und nahm Mann und Maus mit in die Tiefe. Das einzige Stück, das nachblieb, war eine Flaschenpost mit dem Bericht, den Abrechnungen und den letzten Grüßen seines Kapitäns Ernst Krützfeldt.
Das letzte Segelschiff von Sartori & Berger, die 463 BRT große Bark *Elisabeth*,

wurde 1889 nach Hongkong verkauft. Wenn auch weltweite Reisen ihre Windjammer schon 1865 nach Ostasien geführt hatten, so betätigten sie sich schon früh mit Dampfschiffen in der Linienfahrt zu den Ostseehäfen, vor allem deutschen Häfen. Mit Ausnahme des 1893 bei Formosa gestrandeten Dampfers *Felicia* (1 158 BRT), des 1891 vermutlich nach einer Kollision auf der Themse gesunkenen *Vulcan* (1 115 BRT) und des 1907 ins Ausland verkauften *Hans* (1 011 BRT), sind die Größen aller Schiffe auf den Fahrtbereich der heimischen Gewässer zugeschnitten: Fehmarn – Lübeck – Stralsund – Stettin – Danzig – Königsberg – Memel. Bis zum Zweiten Weltkrieg liegen sie alle unter der 1 000-Tonnen-Grenze.

Daß die junge Firma seinerzeit hatte so schnell Fuß fassen können, verdankte sie der Fixigkeit des Maklers August Sartori, der sich unablässig um das Klarieren bemühte, d. h. den einkommenden Schiffen aller Flaggen jegliche Formalitäten abzunehmen und bestmöglichen „Service" zu bieten. Vertretungen fremder Linien wurden ihm übertragen, dazu die Havarieagentur der Versicherer Lloyds in London. Nach und nach erweiterte sich die Landbasis um eine Stauerei und Lagerei. Eines kam zum anderen. Als das „alte Comptoir" in der Damenstraße zu klein wurde, zog die Firma in das ehemalige St.-Annen-Kloster am Wall 48, das vorher als Packhaus gedient hatte. Noch nicht dreißig Jahre alt, wurde August Sartori zum Konsularagenten der Vereinigten Staaten in Kiel ernannt – ein Beweis für das Ansehen, das die Firma bereits genoß. Der Chef selbst „regierte von seinem altväterlichen Pult her, umgeben von seinen Mitarbeitern, vom Prokuristen bis zum jüngsten Stift", die er, wie in den heutigen Großraumbüros, stets im Auge behielt.
In der Frühe des 3. März 1886 wurde der altertümliche Klosterbau durch Feuer zerstört. Der Chronist zeichnet dabei August Sartori mit kräftigen Pinselstrichen:
„Die zum Himmel prasselnden Flammen aber ließen den Konsul keinen Atemzug lang die Nerven verlieren. Inmitten der aufgeregten Schar seiner Mitarbeiter leitete er persönlich die Rettungsarbeiten, und während der Brand noch in voller Stärke wütete, ließ er bereits bei der Provinzial-Steuerdirektion in Altona drahtlich anfragen, ob ihm vorübergehend einige Räumlichkeiten im benachbarten Zollamt überlassen werden könnten."
Dann wurden die geretteten Möbel eingeräumt, „und eine halbe Stunde später diktierte er, immer noch von der Straße her, die dringendsten Dispositionen ... die von den improvisierten Büros aus augenblicklich in alle Richtungen der Windrose weitergeleitet wurden."
August Sartori propagierte den Kieler Hafen in der ganzen Welt. Er förderte

den Bau des „Kaiser-Wilhelm-Kanals" und richtete in Holtenau und Brunsbüttelkoog Schiffsmaklereien ein. Er war Kieler Stadtverordneter, Vorsitzender der Industrie- und Handelskammer und zwanzig Jahre lang Vorsitzender des Deutschen Nautischen Vereins. Wenn es um das Gemeinwohl ging, war er dabei. Die Deutsche Gesellschaft zur Rettung Schiffbrüchiger benannte eines ihrer Seenot-Rettungsboote *Geheimrat Sartori.*

Seine besondere Aufmerksamkeit galt der Passagierfahrt. Schon der 1871 in Dienst gestellte Dampfer *Meta* (48,5 Commerzlasten) konnte Fahrgäste mitnehmen, und zehn Jahre später machte der Salondampfer *Falke* Vergnügungsfahrten auf der Förde und in der Kieler Bucht. Als Gegenstück zu einer dänischen Linie eröffneten Sartori & Berger im Einvernehmen mit dem damaligen Staatssekretär des Reichspostamtes Heinrich von Stephan 1880 eine Deutsche Tages-Postdampfschiffslinie Kiel—Korsör. Diese begann mit den Raddampfern *Kaiser* und *Kronprinz Fredrik Wilhelm,* zwei Charterschiffen, die von den angekauften *Adler* und *Auguste Victoria* abgelöst wurden. Zu den Lieblingskindern des Reeders aber zählten die nach seinen persönlichen Vorstellungen von Howaldt gebauten Doppelschrauben-Schnelldampfer *Prinz Waldemar* (1893, 625 BRT), *Prinz Adalbert* (1895, 650 BRT) und *Prinz Sigismund* (1898, 630 BRT). Im Innenschiff mit letzter Eleganz ausgestattet, erkannte man sie optisch schon von weitem an ihren zwei Schornsteinen. Sie waren die Vorläufer der heutigen Kiel—Korsör-Verbindung, verkehrten bis nach dem Ersten Weltkrieg und haben ihren Initiator um Jahrzehnte überlebt. Am 15. Oktober 1903 senkte sich die Hausflagge auf Halbmast: Geheimrat August Sartori war tot. Nun übernahmen seine Söhne das Steuer des Firmenschiffes.

Der Erste Weltkrieg hatte dem Hause Sartori & Berger, das zeitweilig bis zu 50 Schiffe bereedert hatte, erhebliche Verluste gebracht. Dennoch konnte 1922 in Hamburg eine Zweigniederlassung eröffnet werden. Die Weltwirtschaftskrise von 1930 und danach überstand man gemeinsam mit anderen, im gleichen Liniendienst arbeitenden Reedereien. Man arrangierte und verband sich mit Konkurrenten und Partnern. Man ging zusammen mit der Reederei Johannes Ick und erwarb die Ippen-Linie Reederei Stettin und ihren pommerschen Zubringerdienst, man beteiligte sich an der Mathies-Reederei AG. Und nach wie vor sah man die gelben Schornsteine von S & B mit dem schwarzen Topp in Nord- und Ostsee. Genaugenommen die Auspuffe; denn die Dampfmaschine hatte dem rationelleren Dieselmotor weichen müssen. Aber was man auch getan hatte oder unternehmen mochte, wie man sich dem neuesten Stand der Technik und der Lage auf dem Seefrachtenmarkt anpaßte, der Zweite Weltkrieg warf alles über den Haufen. Als die Waffen endlich schwiegen, waren

alle Firmengebäude zertrümmert, ob in Kiel, in Holtenau, in Brunsbüttelkoog oder Hamburg. Es war alles umsonst gewesen, der Riß zog sich durch das ganze Haus Sartori & Berger. Was die noch vorhandenen Schiffe betraf, so wurde ein 1941 in Schweden bestellter Neubau *Konsul Sartori* (1 250 BRT) von der schwedischen Regierung beschlagnahmt und nach Venezuela verkauft. Die Motorschiffe *August* und *Helene* (je 400 BRT) und der Dampfer *Sankt Jürgen,* mit zwanzig Jahren nicht mehr der Jüngste, mußten an die UdSSR abgeliefert werden. Übriggeblieben waren *Ilse* (117 BRT, Baujahr 1927), *Ludwig* (301 BRT, 1911), *Hinrich* (523 BRT, 1909) und die 433 BRT große *Pionier,* die noch aus dem Jahre 1873 stammte und inzwischen ein biblisches Alter erreicht hatte.
Die dritte Generation übernahm ein furchtbares Erbe. Ein neuer Anfang war ungleich schwieriger als nach dem Ersten Weltkrieg. Die Beschränkungen der Schiffsgrößen bedeuteten für die Reederei wenig, ein vorläufiger Schiffbaustopp wog nicht so schwer, dagegen war durch die völlig veränderte Situation im Ostseeraum das eigentliche Operationsfeld von Grund auf zerstört. Alle Linien hatten aufgehört zu existieren, man war gezwungen, sich nach anderen Zielen und Häfen umzusehen. In diesem Zusammenhang trennte man sich auch von der noch vorhandenen Alttonnage. Nach dem Fortfall des Schiffbaustopps leben drei neue Schiffsnamen auf: *Konsul Sartori, Geheimrat Sartori* und *August Sartori,* alle drei um 950 BRT groß. Zwei lieferten wie immer die Kieler Howaldtswerke, den letzten eine Hamburger Werft. Das war 1950/53. Zehn Jahre später sind sie alle wieder fort. *August Sartori* wurde von Rob. M. Sloman in Hamburg übernommen, die *Konsul* ging nach Italien, die *Geheimrat* kam 1963 zur Knud Knudsen Reederei nach Rendsburg und später weiter nach Griechenland

In den fünfziger Jahren konnten Sartori & Berger in einem ganz anderen Gebiet Fuß fassen. Die alte Nord-Ostsee-Reederei beteiligte sich wieder wie vor zwei Generationen in der transatlantischen Fahrt. Ihre Ziele sind die großen amerikanischen Binnenseen, die sie mit der Hamburg-Chicago-Linie und den Michigan-Ocean Lines, letztere zwischen Westindien und den Großen Seen, ansteuert. Und hier kamen auch die eingangs erwähnten Neubauten 101 bis 105 zum Einsatz. Im Jahre 1953 entstand auf einer Werft am Rhein die *Alexandra Sartori.* 1954 lieferten Werften in Papenburg und Nobiskrug/Rendsburg die *Francisca Sartori* und die *Catherine Sartori.* Aus Nobiskrug kam 1955 noch die *Clemens Sartori,* während eine Hamburger Werft mit *Christian Sartori* die neue Serie beschließt. Sie waren für den Atlantik alle relativ klein, um 2 500 BRT herum, aber für die Fahrt nach den großen Binnenseen Nordamerikas, die nur durch ein kompliziertes Schleusensystem vom Ozean aus zu erreichen waren, buchstäblich maßgeschneidert. Es waren Schiffe auf Taille, ihre Abmessungen entsprachen denen der dortigen Schleusen. Sie stimmten aufs Haar. Das war ihr Vorteil, der ihnen zunächst gute Beschäftigung garantierte, aber auch ihr Nachteil.

Der Rest ist bald erzählt. Nur wenige Jahre später wurde der Große Seeweg eröffnet, der über den St.-Lorenz-Strom auch größeren Schiffen den Zugang zu den Binnenseen gestattet. Alles in allem waren die Kleinen plötzlich nicht mehr wettbewerbsfähig auf dieser Route. Auch für die Trampfahrt kaum noch, zumal sich ihr ursprünglich sehr zweckmäßiger, dieselelektrischer Antrieb hier als zu kompliziert erwies. Sie waren zu sehr spezialisiert. Nachdem sie sich noch eine Weile zu behaupten versucht hatten, gingen sie in den sechziger Jahren dahin. *Alexandra —, Francisca — und Catherine Sartori* wurden 1967 an eine Hamburger Reederei verkauft, die sie nach Griechenland weiterveräußerte. *Clemens* — und *Christian Sartori* gelangten 1968 unmittelbar in griechische Hände.

Sie waren Endprodukte einer Reederei, die in der Kieler Schiffahrtsgeschichte zahlenmäßig an der Spitze steht. Und die inzwischen den Eigentümer wechselte. Denn wenn auch die alte Hausflagge von S & B nach wie vor über den Betrieben in Kiel, Holtenau, Brunsbüttel, Rendsburg, Hamburg, Bremen und Wilhelmshaven weht (sie befassen sich neben der Reederei mit Schiffsabfertigungen, Lagerung, Auslieferung und einigem anderen), so sind doch die alten Namen für immer von den Meeren verschwunden. Die neuen Schiffe sind viel größer, sie heißen anders, man bekommt sie auf ihren jetzt wieder weltweiten Fahrten kaum zu Gesicht und hinter ihnen steht die Reederei Knud Knudsen aus Rendsburg, die 1967 ins Geschäft eingestiegen ist und 1970 alles übernahm. Unter der alten Flagge von S & B, die jetzt symbolischen Wert erhalten hat; denn nach dem schon 1862 ausgeschiedenen Herrn Berger zog sich gut hundert Jahre später auch Reeder Sartori zurück.

Die Gebrüder Andersen und ihre „römischen" Schiffe:

Der Untergang des Dampfers „Brutus"

In einer Februarnacht des Jahres 1901 hatte eine in der Holstenstraße wohnende Dame, Frau Andersen, einen seltsamen Traum. Es erschien ihr, triefend vor Nässe, der Kapitän des Kieler Dampfers *Brutus,* der sich auf der Überfahrt nach England befand. Aufgeregt erwachte Frau Andersen und weckte ihren Gatten, den Miteigentümer des Schiffes. Das Ganze wurde noch mysteriöser, als am nächsten Morgen die Frau des Kapitäns im Kontor vorsprach und weinend berichtete, daß sich in der vergangenen Nacht ihr Ehemann im Traume von ihr verabschiedet hätte. Wenig später wurde bei Skagen die Leiche des Steuermanns von der *Brutus* angetrieben. Seine Uhr war in derselben Stunde stehengeblieben, in der beide Frauen — unabhängig voneinander — ihre Erscheinung gehabt hatten. Diese Erzählung ist verbürgt und wird bis in unsere Tage weiterberichtet

Der kleine Dampfer *Brutus* ist nie mehr in England angekommen, sondern spurlos verschwunden. Er hatte zuletzt als Deckslast eine große, schwere Schiffsschraube mit, die ihn kopflastig gemacht haben soll, die aber kaum zum Verlust des Schiffes beigetragen hat. Man nimmt vielmehr mit großer Wahrscheinlichkeit an, daß *Brutus* mit einer entgegenkommenden, nach Göteborg segelnden norwegischen Bark zusammengestoßen ist; denn auch von diesem Schiff hat man nie wieder etwas gehört.

Brutus war mit *Varus* und *Titus* ein Schiff der Kieler Firma Gebrüder Andersen, die am 17. August 1871 in der Zeitung dem geehrten Publikum die ergebene Mitteilung gemacht hatte, „daß wir in der Vorstadt Nr. 37 (später Holstenstraße 63/73) ein Handlungsgeschäft eröffnet haben, bestehend aus einem Lager von Stabeisen, Faconeisen, Blechen, Stahl etc., verbunden mit einem completen Lager aller Sorten Gußeisen-Waaren sowohl für Haushaltungen als auch für Bauzwecke, sowie ein Lager von Steinkohlen und Coces". Seit 1877 befaßte sich das aufblühende Unternehmen nebenher auch mit Reedereigeschäften. Seine Schiffe brachten häufig Kohle von England nach Kiel für die Firma Heinr. Hecht, und werden von dieser auch mehrmals erwähnt.

Die Gebrüder Andersen waren Jes und Claus Peter (auch Charles genannt, geboren 1839 in Köhnholz/Schleswig-Holstein). Der jüngere Claus Peter wanderte im Alter von 25 Jahren mit seinem Freunde Olsen 1864 in die USA aus und heiratete dort. Die Einigung des Reiches und dessen zu erwartender wirtschaftlicher Aufschwung bewogen ihn indessen, schon 1871 „als wohlhabend bezeichneter Mann" nach Deutschland zurückzukehren. Er ließ sich zunächst in Kiel nieder, wo er mit seiner Familie in der Düsternbrooker Allee ein Haus mit Garten zur Miete bewohnte. Geschäftlich exportierte er Waren von Europa nach den USA, die sein in Chicago sitzender Freund Olsen mit Gewinn weiterverkaufte.

Der ältere, ebenfalls verheiratete Bruder Jes war Prokurist in einem Kieler Eisenwarengeschäft. Zwischen beiden Brüdern bestand „ein herzliches Einvernehmen und eine wahre Freundschaft, die sich nicht zuletzt darin äußerte, daß sie mit dem amerikanischen Kapital des jüngeren zusammen die Firma Gebrüder Andersen gründeten". Jes Andersen hatte damals noch keine nennenswerten Ersparnisse, konnte aber nun fortlaufend etwas zurücklegen und in die gemeinsame Firma stecken. Der offensichtlich sehr bewegliche Charles Andersen verlegte 1872 seinen Wohnsitz nach Hamburg, das er gut kannte, blieb aber weiter wie bisher verantwortlicher Teilhaber. Das Kieler Geschäft konnte er getrost seinem zuverlässigen, umsichtigen und sparsamen Bruder Jes überlassen, „der sich in seinem Leben nur wenig Erholung gönnte". Die Firma entwickelte sich sehr gut und erzielte, mit Ausnahme des ungünstigen Wirtschaftsjahres 1873, regelmäßig beträchtliche Überschüsse. Ihr Kontor befand sich in der Holstenstraße, das Lager in einem Speicher auf dem Hof. Der Geschäftsbereich ging bald über den örtlichen Rahmen weit hinaus, die geldliche Basis des Hauses war sehr solide. Selbst als kurz nach der Gründung eine unversicherte Warensendung nach Schweden auf See in Verlust geriet, vermochten sie den Schaden ohne weiteres auszugleichen. Man zog jedoch hieraus seine Lehren und, wie es heißt, „wurde von nun an alles in der üblichen Weise versichert".

Der schiffahrtsinteressierte Hamburger Claus Peter (Charles) Andersen eröffnete seinerseits eine eigene Reederei für Trampfahrt, die 1878 als C. Andersen Reederei in das dortige Handelsregister eingetragen wurde. Sie besteht noch heute, Hamburg 13, Heimhuderstr. 61, und ist im Containergeschäft tätig. Nachdem Claus Peter schon vorher Anteile des später untergegangenen Dampfers *Metz* besessen hatte, bestellte er bei Alex. Stephen & Sons, Govan bei Glasgow, drei Neubauten, „Schraubenschiffe mit Schonertakelung", die er nach römischen Kaisern benannte:

Augustus (1 400 Tonnen Tragfähigkeit, 450 PS, Kaufpreis 394 250,– Mark); *Claudius* (1 600 Tonnen, 150 PS?, 425 000 Mark), und *Titus* (900 Tonnen,

80 PS, 262 000 Mark). Römische Namen kennzeichnen alle seine weiteren Schiffe, als auch die des Kieler Bruders.

Die Kieler Firma Gebrüder Andersen begann ihre maritime Rolle 1877 als Korrespondenz-Reederei des Dampfers *Brutus,* an dem C. Andersen mit 40 000 Mark beteiligt war. Das Schiff, 687 BRT groß, kam ebenfalls als Neubau von Alex. Stephen & Sons. Bis zu seinem Totalverlust im Jahre 1901 hat es wirtschaftlich sehr gut abgeschnitten. Zeit und Gelegenheit verstärkten den Kieler Drang zum Meer! Am 15. Juni 1898 besiegelte das hiesige Königl. Preuß. Amtsgericht den „S/S Varus"-Reedereivertrag: „Kund und zu wissen sei hiermit, daß zwischen 1.) dem Otto Nicolaus Andersen in Hamburg 2.) dem Schiffsbaumeister Chr. Ihms in Kiel und 3.) der offenen Handelsgesellschaft Gebrüder Andersen in Kiel nachstehender Rhederei-Vertrag errichtet und vollzogen worden ist."

Es handelt sich bei *Varus* (ex *Westward*) um ein von R. Thompson & Son in Sunderland 1881 gebautes Schiff mit einer Tonnage von 1 502 BRT. Von den drei Vertragspartnern besaß Chr. Ihms 5/19 an Anteilen, die Gebrüder Andersen und Otto Nicolaus Andersen besaßen je 7/19. Letzterer war der noch minderjährige Sohn von Claus Peter Andersen, für den dieser „als väterlicher Vormund" mitzeichnete.

Vertraglich waren vom Gewinn jährlich 6 Prozent, entsprechend dem Wert des Schiffes, in einen Instandhaltungsfonds zu geben bis zum Höchstbetrag von 60 000 Mark. Das Schiff sollte stets „unter Assekuranz" gehen, d. h. versichert sein. Die Gebrüder Andersen als Teilhaber und Korrespondenz-Reeder waren befugt und verpflichtet, „dasselbe zu verfrachten, zu unterhandeln, zu versichern, auszurüsten, mit Mannschaft zu versehen etc. und die Eintragung in das (Kieler) Schiffsregister zu bewirken".

Als drittes Schiff übernahmen die Gebrüder Andersen den Dampfer *Titus* (II), ein 1866 als *Cobden* bei Richardson, Duck & Co., Stockton on Tees, erbautes Eisenschiff von 871 BRT und ca. 900 Tonnen Tragfähigkeit. Es war mit einer 580 PS starken Maschine versehen und bis zu seinem Ende mit 11 275 Mark an der Hamburger Börse versichert. Sein erster Kapitän war ein C. Stuhr.

Das Schicksal der *Brutus,* erfolgreichstes Schiff des Kieler Unternehmens, wurde schon beschrieben. Die *Titus* wurde nach kurzer Zeit innerhalb der Familie auf C. Andersen in Hamburg übertragen und ist später ebenfalls verschollen. Die *Varus* fuhr von 1898 bis 1906 für das Kieler Haus. Als ihre Erträge zu wünschen übrigließen, verkaufte man sie nach Kopenhagen.

Damit endeten die Reedereigeschäfte der Kieler Firma Gebrüder Andersen. Schließlich und endlich betrieb sie in der Hauptsache den Eisenhandel, der einen ungeahnten Aufschwung genommen hatte. 1905 war der Senior verstorben, Jes Andersen (er war Stadtrat, Vorsitzender der Handelskammer, bekleidete viele Ehrenämter), und die Leitung der Firma lag nun in den Händen des Sohnes Christian Andersen. Großzügig unterstützt vom Hamburger Onkel C. Andersen schritt man mit einer Fabrik für Stahlhoch- und Brückenbau vom Handel zur Produktion. Ein sehr umfangreiches Programm umfaßte nach und nach den Bau von Flugzeughallen ebenso wie die Herstellung selbstspurender Kraftfahrzeuganhänger für alle Welt. Man fertigte Wagenachsen und Hufeisenwalzen, später sogar noch Flugzeugleitwerke im Leichtbau und entwickelte ganz nebenher ein Metallspritzverfahren. Mit dem wirtschaftlichen Aufschwung der Wasserkante ist der Name Andersen eng verknüpft.
Anläßlich der Eröffnung des Kieler Freihafens im Jahre 1924 wurde Christian Andersen Ehrendoktor der Staatswissenschaften der Universität Göttingen. Als Regatta- und Fahrtensegler blieb er bis zu seinem Tode 1928 dem nassen Element verbunden. 1930 wurde die Abteilung Eisengroßhandel verkauft und unter dem langjährigen Prokuristen Hugo Witt eine selbständige Firma. Das Stammhaus Gebrüder Andersen, 1941/43/44 wiederholt schwer bombengeschädigt, erlosch nach dem Zweiten Weltkrieg. Der letzte Chef, Dr. Hermann Andersen, verlegte seine Tätigkeit nach Düsseldorf und wohnt heute in Wiesbaden.

Unser Schiffahrtsbericht wäre nicht vollständig, wenn wir nicht noch der Hamburger Reederei C. Andersen gedenken würden, die auch nach dem Tode von C. P. (Charles) Andersen 1915 die Kieler Verbindung bis 1935 nicht abreißen ließ. Die Hamburger Reederei hatte sich gut entwickelt. Den ersten Dampfern von 1878/79 *(Augustus, Titus und Claudius)* waren weitere „Römer" gefolgt: *Romulus* (1889, 2 635 BRT), ein Welldecker, der 1904 im russisch-japanischen Krieg von den Japanern beschlagnahmt wurde; *Remus* (1889, 2 633 BRT), ebenfalls ein Welldecker, der später verlorenging; *Severus* (1894, 3 409 BRT), ein Spezialschiff für die Fleischfahrt mit Rahtakelung am Vormast; *Claudius II* (1899, 3 505 BRT), ein Schiff mit vier Masten, dessen 1 400-PS-Dampfmaschine täglich 21 Tonnen Kohle verbrauchte; *Germanicus* (1901, 3 967 BRT), ein Dampfschiff mit Schonertakelung, vier Luken und Zwischendeck; *Tiberius* (2 703 BRT), *Marcellus* (ex *Duke of Norfolk,* 2 438 BRT) und *Augustus II* (ex *Waikato,* 3 071 BRT). Fast ausnahmslos waren es Neubauten englischer Werften, bis auf die *Cassius,* die sich C. Andersen von der Norddeutschen Werft Kiel (später Germaniawerft) zum Preise von 550 000 Mark liefern ließ.

Mit 2 286 BRT war es im Baujahr 1881 das größte in Deutschland erbaute Schiff überhaupt.
Um es rückblickend einmal zusammenzufassen: Wir haben es hier mit einer größen- und anzahlmäßig bedeutenden Reederei zu tun. Der Erste Weltkrieg machte das alles fast zunichte. Danach betrieb die Reederei, außer einem 1936 bei der Flenderwerft in Lübeck gebauten Tanker, nur noch Fischdampfer, von denen drei zeitweilig in Kiel registriert waren: *Margot, Irmgard und Gisela.* Selbst der klassisch römische Klang der Schiffsnamen hatte sich verflüchtigt. Der Zweite Weltkrieg machte auch diesen Schiffen ein Ende.

Kohle und Eisen für Heinr. Hecht:

Ein Schiffbruch vor Sizilien

Um die Jahrhundertwende geriet vor der niedrigen Südküste von Sizilien der Kieler Dampfer *Emil* in Seenot. Das eben erst im Mittelmeer angekaufte Schiff befand sich auf der Überführungsreise nach Deutschland. Irgend etwas ging wohl verkehrt, die Ankerplätze sind an der sizilianischen Südküste nicht gut, und ehe man sich's versah, hatte der Schirokko *Emil* hoch und trocken auf den Strand getrieben. Auf einem zeitgenössischen Foto ist er dort zu sehen, neben sich den dänischen Bergungsdampfer *Svitzer*, während Siziliani und Mafiosi in Scharen herbeirennen und den Havaristen plündern, der nach erfolglosen Abbringversuchen schließlich aufgegeben wurde. So endete der erste und einzige Versuch der Kieler Firma Heinrich Hecht, sich eine eigene Flotte zuzulegen. Bei ihren umfangreichen Verschiffungen bediente sie sich weiterhin der Dampfer anderer. Noch heute hat die Firma Heinrich Hecht enge Beziehungen zur Schiffahrt, die sich aus der günstigen Lage ihres Umschlagplatzes im Kieler Nordhafen ergeben. Nach dem Zweiten Weltkrieg befand sich das eigentliche Geschäftshaus vorübergehend in der Stadt, und im näheren Umkreis erinnerte nichts weiter an Seeschiffahrt als ein Restaurant mit dem bedeutungsvollen Namen „Kap Horn". Auch das ging vorbei.

Die Entstehung dieser Firma vor mehr als 100 Jahren ist typisch für die damalige Situation und zeigt, wie der Handel mit ausländischen Brennstoffen den hiesigen Unternehmern wirtschaftliche Möglichkeiten bot, die sich bis heute erhielten und auch zu Geschäftsverbindungen untereinander führten. 1871 gründeten Heinrich Hecht und sein Bruder Fritz auf dem Grundstück Am Neumarkt 11 (wo heute das Bankhaus Wilh. Ahlmann steht) eine Kohlenhandlung. Den Anstoß gaben nicht zuletzt ungewöhnlich günstige Angebote aus England. Die an sich schon verhältnismäßig teure deutsche Kohle verteuerte sich durch den seinerzeit umständlichen Landtransport nach Schleswig-Holstein noch mehr und über Gebühr.

Jetzt kamen ganze Schiffsladungen von billiger englischer Kohle auf dem Seewege nach Kiel. Sie wurde hier ausgekarrt, in Waggons umgeschlagen und in die Umgebung geschickt: nach Neumünster, Plön, Eutin, Eckernförde und

anderen Orten. Die großzügigen englischen Lieferanten taten ein übriges und warteten mit der Rechnung so lange, bis die gesamte Ladung unter die Leute gebracht war und schickten dann „auf Verdacht" gleich ein weiterers Schiff hinterher. Es war ein Geschäft auf Treu und Glauben, das der jungen Firma Heinrich Hecht einen schnellen Start und zwei glückliche Jahre bescherte. Wenn sich in der Folge auch andere Kieler Firmen dem englischen Kohlenhandel anschlossen, so hatte Heinrich Hecht doch als erster die Verbindung aufgenommen. Sein Hauptbuch begann noch mit einem für die damalige Denkungsart charakteristischen „Mit Gott"! In diesem besonderen Fall ist man versucht zu sagen, mit Gott und den Engländern.
Mitunter liefen in einer Woche drei Kohlenschiffe für Hecht ein, was dem Firmeninhaber den scherzhaften Stoßseufzer entlockte: Wo sall ick blots hen mit den Schiet?! Immerhin hatte er keine Absatzschwierigkeiten und empfing umgekehrt Courantmark, Groschen und Sechslinge. Wenn sich mit dem wirtschaftlichen Aufschwung des Bismarckreiches und einem wachsenden Eisenbahnnetz allmählich auch deutsche Kohle von der Ruhr und aus Oberschlesien in Deutschlands Norden einstellte, so hielt die Einfuhr der billigen englischen Kohle doch noch bis zum Ersten Weltkrieg an. Man rechnete eben mit Pfennigen, und selbst ein junges Ehepaar der gutbürgerlichen Familie Hecht wußte damals mit einem wöchentlichen Haushaltsgeld von 25 Mark auszukommen! Das ist in ihren Büchern nachzulesen. Man lebte auch in seinen privaten vier Wänden wie ein sparsamer Kaufmann.
Was die Beziehung der Firma Heinrich Hecht zur Seeschiffahrt angeht, so waren es vor allem drei Kieler Frachter, die sie laufend beschäftigte: die Dampfer *Brutus* (687 BRT), *Varus* (1 502 BRT) und *Titus* (871 BRT) der Gebrüder Andersen. Im Februar 1902 wird die *Brutus* als vermißt gemeldet, auch die Spuren der beiden anderen verlieren sich im Dunkeln.

Nach dem Ausscheiden des Gründers Heinrich Hecht kam die Firma über Fritz Hecht an dessen Söhne Emil und Karl. 1920 ging sie auf den Senior Theodor Hecht über, der sie bis zum Jahre 1955 alleine führte. In seiner Jugend hatte Theodor Hecht die kaufmännische Lehre mit Hugo Witt geteilt. Dieser gründete später die gleichnamige Eisengroßhandlung, aber damals ahnte noch keiner, daß Heinrich Hecht selbst einmal den Eisenhandel aufnehmen sollte. Das geschah, als die Firma Heinrich Hecht ihr Grundstück Neumarkt 11 an das Bankhaus Wilh. Ahlmann verkaufte und sich an der Eckernförder Allee niederließ. Heute verfügt sie über weiteres Gelände im Kieler Nordhafen und in Wellingdorf.
Wie die Leitung des Unternehmens selbst mitteilt, „ist das Bild der Firma —

wie das Schicksal der heute das Geschehen bestimmenden Generation überhaupt — geprägt durch den nun schon fast romantisch verklärten Glanz der Jahre vor dem Ersten Weltkrieg, dann aber auch durch die chaotischen politischen Katastrophen der beiden Weltkriege."

Und natürlich auch durch die technische Entwicklung. Das ursprüngliche Kohlengeschäft hat sich über den Handel mit Eisen auch auf Heizöl und Behälter ausgedehnt. Eine Abteilung für Ölschadenbekämpfung wurde selbständig. Die Eiseneinfuhr verlief in den ersten Nachkriegsjahren noch über das Kieler Lagerhaus. Der Wunsch nach einem eigenen Umschlagplatz am Wasser wurde von Oberbürgermeister Dr. Müthling und dem Magistrat der Stadt Kiel nachdrücklich unterstützt, so daß Heinrich Hecht seit 1960 im Nordhafen unter eigenem Dach ansässig wurde. Mehrere tausend Tonnen an Formstahl, Stahlblechen, Stab- und Betonstahl sind laufend vorrätig.

In den Stahlimporten spiegelt sich der Wandel unserer Zeit. In den Jahren nach dem Zweiten Weltkrieg kamen sie anfänglich noch aus England, Frankreich, Luxemburg, Italien, aus Norwegen, Schweden und Dänemark, aus Österreich, Polen und der Tschechoslowakei. Auf dem Wasserwege natürlich. 1950 wurden schon bis zu vier Küstenmotorschiffe wöchentlich wahrgenommen. 1953 waren es in einer Woche 10 000 Tonnen. In den sechziger Jahren legten wöchentlich bis zu 20 Küstenmotorschiffe mit Stahl bei der Firma Heinrich Hecht im Nordhafen an, teils mit voller Ladung, teils mit kleineren Partien. Der Aufschwung des Eisenhandels paarte sich nicht zuletzt mit den günstigen Anfuhrmöglichkeiten des Nord-Ostsee-Kanals, der — wie es heißt — meistbefahrenen künstlichen Seeschiffahrtsstraße der Welt.

Heute hat die bundesdeutsche Stahlproduktion die ausländischen Einfuhren verdrängt; Heinrich Hecht bezieht nur noch inländischen Stahl, der nicht nur auf dem Wasserwege, sondern auch mit der Bundesbahn und über die ausgebauten Fernstraßen heranrollt. Nichtsdestoweniger ist diese alte Firma, deren erster und einziger Versuch, Dampfer unter eigener Flagge laufen zu lassen, mit einem Schiffbruch vor Sizilien endete, alleine durch ihre Lage dem Wasser noch immer verbunden. Was die *Emil* betrifft, so weiß man heute nicht einmal mehr, wie groß sie war, noch woher sie kam. Wenn es nicht ihr Bild gäbe, wäre sie wohl schon längst in der Erinnerung verblaßt.

Paulsen & Ivers auf den sieben Meeren:

Eisernes Kreuz im roten Feld

Jede Generation hat ihr eigenes Wirtschaftswunder. Über unsere Vorfahren kam nach 1870/71 die „Gründerzeit": ein äußerst günstiger Aufschwung, der es den Zeitgenossen möglich machte, mit viel Unternehmungslust und wenig Kapital weitgesteckte Ziele zu erreichen. Einer der davon Betroffenen war der 25jährige Christian Ivers (Nationale: Größe 5 Fuß, 2 Zoll; Stand oder Gewerbe: Commis), der ein eigenes Unternehmen von internationalem Ruf aufbauen konnte. Als Füsilier war er mit dem Dank des Vaterlandes aus dem Kriege zurückgekehrt. In seinen Entlassungspapieren hatte man vermerkt: „Bei Gravelotte schwer verwundet, dauernd Ganzinvalide und dauernd größtentheils erwerbsunfähig." Als Dank des Vaterlandes war ihm eine monatliche Rente von 7 Reichstalern zugesprochen worden, zu beziehen von der Steuerkasse Kiel.

Und doch verfügte dieser Kriegsbeschädigte in mehr als einer Beziehung über eine gute Konstitution. Außerdem war er hellwach, wie man heute sagen würde, und besaß das untrügliche kaufmännische Fingerspitzengefühl. Nach längerer Tätigkeit bei der Kieler Reederei H. J. Lohmann beschloß er, sich auf eigene Füße zu stellen und selbständig zu werden. Wie ging das damals vor sich?

Christian Ivers hat 1 800 Mark eigene Ersparnisse. In F. A. Paulsen findet er einen Teilhaber mit einem Bankkredit. Ihre Zukunft liegt auf dem Wasser, am 1. Oktober 1876 gründen sie in Kiel die Firma Paulsen & Ivers (Reederei, Schiffsmaklerei, Stauerei und Kohlenhandel). Das gesamte Büropersonal besteht aus „een Lüd", wie man so sagt. Das ist obendrein noch ein Lehrling. Ihr erstes Schiff wird der Segler *Christian,* über dem schon die eigene „Comptoir-Flagge" weht: auf rotem Feld ein Eisernes Kreuz mit den Buchsaben P & I.

Das Glück ist der jungen Firma so gewogen, daß sie 1880 den bei der Kieler Norddeutschen Werft gebauten Dampfer *Prinz Heinrich* in Dienst stellen kann, zwei Jahre später den Dampfer *Neutral* gleicher Herkunft. Zwar hält die gute Brise für Windjammer bis in die achtziger Jahre noch an. Ihre Bark *Möve,* ein eiserner Neubau, segelt nach Japan, die Barkentine *Speculant* nach Indien. Von weiteren Seglern ist die Rede: von einer *Vigilant,* von *Richard*

Georg Howaldts erster Schiffbau *Vorwärts* (1865) für Chr. Ahrens in Kiel

Der Kieler Bootshafen am Wall um 1880

Heinrich Diederichsen I
(1813-1899)

Heinrich Diederichsen II
(1865-1942)

Der Eisenbahndamm am Kieler Hafen um 1880, in der linken Bildhälfte vor dem Kirchturm das Geschäftshaus von H. Diederichsen

S & B-Segelschiff der
1860er bis 1880er Jahre

Geschäftshaus der Reederei Sartori & Berger am Schumachertor um 1895

August Sartori (1837-1903)

Post- und Passagierdampfer *Prinz Waldemar* der S & B-Reederei

Hagen und von der Schonerbrigg *Admiral von Werner* (letztere nach einem der ersten deutschen Admirale benannt, der noch aus der Handelsschiffahrt kam). Unter dem Eisernen Kreuz im roten Feld segelt man nach Westindien und Südamerika. Aber Christian Ivers ist so weitsichtig, daß er sich als einer der ersten deutschen Reeder gänzlich auf Dampfschiffahrt umstellt. Und nicht von ungefähr bekommt die Firma Paulsen & Ivers das erste Kieler Telefon, Rufnummer 1.

Immer mehr P&I-Dampfernamen mit der charakteristischen Endsilbe „-al" erscheinen auf den sieben Meeren. Es spricht für ihren Ruf, daß sich sogar Wissenschaft und Forschung ihrer bedienen. Im Jahre 1889 trägt der Dampfer *National* die berühmte Plankton-Expedition nach Grönland und Brasilien. Die 2 000-Tonner *Aval* und *Royal* stoßen als erste deutsche Schiffe in das Mündungsgebiet von Ob und Jenissei zur sibirischen Eismeerküste vor: Vorläufer der heute alljährlichen Kara-See-Expedition. Schiffe kommen und gehen. 1909 wird der ältere Sohn, Curt Ivers, Teilhaber; der jüngere, Fritz Ivers, betreibt das Kohlengeschäft. 1914 hat die Reederei zehn Dampfer zu laufen, die in allen Fahrtgebieten anzutreffen sind. Der Erste Weltkrieg und seine Folgen nehmen der Firma sechs Einheiten. Paulsen erlebte das Kriegsende nicht mehr, er starb 1916. Christian Ivers ist jetzt über siebzig Jahre alt, und seine Söhne kommen — wie er vor Jahrzehnten — verwundet aus dem Kriege zurück.

Trotzdem kauft der vorausschauende und noch immer tatkräftige Reeder drei seiner eigenen, an die Alliierten abgelieferten Dampfer wieder zurück. Bald kommen Neubauten hinzu, so daß Paulsen & Ivers im Zuge des Nachholbedarfs 1923 mehr Schiffsraum aufzuweisen haben, als je zuvor, nämlich 18 Dampfer mit zusammen 30 000 BRT. Sie sind in der Übersee-, Mittelmeer- und in der Nord-Ostsee-Fahrt eingesetzt. In dem Bürohaus Holstenbrücke 28 wird ein für damalige Zeiten äußerst modern organisierter Geschäftsbetrieb abgewickelt. Die Firma ist noch immer wie ihr Telefon: Nr. 1.

Vier 6 000-Tonner laufen regelmäßig den Kieler Nordhafen an, die mit schwedischer Zellulose nach Amerika gehen und mit Getreide zurückkommen: *Aval, Fingal, Real* und *Signal.* Weitere vier Dampfer sind im Orient-Liniendienst beschäftigt: *Admiral, Neutral, Royal* und *Vital.* Sechs Dampfer laufen in der neu eingerichteten Rhein-See-Schiffahrt. Hierbei ist das Kieler Stammhaus an den Firmen Ivers & van Staa in Rotterdam und an Ivers & Arlt in Königsberg/Preußen beteiligt; die Stettiner Schiffsmaklerei Ivers & Co. war durch Erbschaft hinzugekommen.

Als 1925 der Seniorchef Christian Ivers im 80. Lebensjahr in Kiel entschläft, hinterläßt er ein großartiges Lebenswerk. Die rote Flagge mit dem Eisernen

Kreuz, die sich der Heimkehrer von 1871 entworfen hatte, war zu einem in aller Welt geachteten Symbol geworden.
Jetzt leitet Curt Ivers die Firma, der jüngere Sohn und zeitweilige Teilhaber betreibt ein eigenes Unternehmen. Paulsen & Ivers aber schreiten weiter. Die Auslandsverbindungen mehren sich, Maklerei, Stauerei und Kohlenhandel ergänzen das Überseegeschäft. Da zwingt nach 1930 die internationale Wirtschaftskrise und mit ihr der Sturz des britischen Pfundes, von dem die Frachtraten der Seeschiffahrt naturgemäß schwer betroffen werden, zu Einschränkungen. Als verhältnismäßig krisenfest erweist sich das Rhein-See-Geschäft. Es erfordert aber kleinere Schiffstypen, die sowohl über See als auch den Rhein weit hinauffahren können, gewissermaßen von Tür zu Tür. Neben den vorhandenen sechs Rhein-See-Dampfern (*Cereal, Fanal, Mineral, Naval, Rival* und *Sensal*) sieht sich die Firma nach moderner Tonnage um.

Alle diese Pläne zerschlägt der Zweite Weltkrieg. Seine Folgen sind für die deutschen Reedereien verheerend. Der gesamte Schiffsraum von Paulsen & Ivers geht verloren. Die Rotterdamer Tochterfirma wird enteignet, Stettin und Königsberg sind dahin, und um das Unglück vollzumachen, liegt das allen Kielern wohlbekannte Geschäftshaus Holstenbrücke 28 in Trümmern. In dieser aussichtslosen Situation beginnt Curt Ivers unter größten persönlichen Opfern mit dem Wiederaufbau: Paulsen & Ivers entstehen als GmbH aufs neue.

Wenn heute mehrere Fährlinien nach Skandinavien den Kieler Hafen anlaufen und die Völker miteinander verbinden, sollte man darüber nicht vergessen, daß diese Entwicklung damals mit zwei umgebauten ehemaligen Minensuchbooten eingeleitet wurde, mit *Harald Ivers* und *Christian Ivers*. Sie waren ihrer Zeit voraus und wurden schließlich nach Dänemark verkauft. Aber als 1961 Curt Ivers und sein treuer Mitarbeiter Prokurist Bruno Siemßen die Augen schließen, hat die Firma Paulsen & Ivers Schiffahrts- und Kohlenhandlungs-GmbH längst wieder eine sichere Grundlage: Maklerei, Stauerei, Kohlenhandel und Versicherungen. Hierbei kommt ihr das in Jahrzehnten und unterschiedlichen Zeitläufen erwachsene Ansehen zugute, und es darf auch in einem sachlichen Bericht als menschliches Moment nicht unerwähnt bleiben, daß gerade im Kohle- und Heizölgeschäft ein großer Kundenstamm aus einem persönlichen Verhältnis heraus der alten Firma die Treue hält. Im Rahmen ihrer Auslandsverbindungen ist sie nach wie vor alleiniger Agent für alle von Spitzbergen nach Kiel kommenden Kohlenschiffe. Sie arbeitet für die Küstenschiffahrt und betätigt sich als Makler für die auf Kieler Werften liegende

Tonnage, sowohl bei Reparaturen als auch bei Neubauten. So greift eines ins andere.

Im kaufmännischen Leben bedeutet eine große Tradition „kein bloßes Zurückschauen, sondern eine ständige Mahnung zum Vorwärtsschreiten im Geiste eines ehrbaren Kaufmannes". So hat es der Enkel des Gründers und einer der heutigen Gesellschafter, Horst Ivers, hanseatisch formuliert. So denken auch die Mitarbeiter, als sie uns alte Schiffsbilder und die Kontorflagge zeigen. In hoc signo vinces. Im Alltagsdeutsch: Für Paulsen & Ivers ist noch alles drin. Gewiß, denn nach rund hundert Jahren Kieler Wirtschafts- und Schifffahrtsgeschichte macht man keinen Punkt, sondern schreibt weiter.

Das Haus Karl Grammerstorf und seine Schiffe:

Ein Reeder unserer Zeit

Wenn die deutsche Handelsschiffahrt sich von den furchtbaren Folgen des Zweiten Weltkrieges und seinen drakonischen Fesseln verhältnismäßig bald wieder erholen und eine neue Flagge auf den Weltmeeren zeigen konnte, so haben wir das der Initiative und dem Einfallsreichtum einzelner zu verdanken. Auf dem Tiefpunkt des deutschen Seeverkehrs fanden sie den Mut zum Handeln und schlugen neue Wege, besser gesagt Auswege ein. Richtungweisend für viele war der damals 62jährige Kieler Reeder Karl Grammerstorf. Als eines der ersten Schiffe nach dem Kriege ging am 15. März 1950 sein 6 000-Tonnen-Dampfer *Cläre Grammerstorf* über den Ozean. Ein neues Kapitel nicht nur Kieler, vielmehr bundesdeutscher Schiffahrtsgeschichte hatte begonnen. Die Geschichte der Reederei, mit nüchternen Geschäftsberichten über die Jahrzehnte hinweg vorgetragen, zeigt den ständigen Wechsel einer ungewöhnlich bewegten Zeit, in der sich Handel und Wirtschaft veränderten und infolgedessen die Formen der Seeschiffahrt überhaupt. Sie zeigt auch den innerbetrieblichen Weg vom Schleppzug zum Frachtdampfer und Motorschiff. Krieg und Frieden, Krisen und Streiks, Flauten und Rekordjahre, sie alle erscheinen in den Rubriken von Soll und Haben.

Der gebürtige Lübecker und gelernte Speditionskaufmann Karl Grammerstorf kam 1908 als junger Mann nach Kiel-Holtenau und wurde nach einigen wenigen Jahren bei A. Casati, Mumm & Matthiessen (Schiffsmaklerei und Bunkerkohlenlieferanten am damaligen Kaiser-Wilhelm-Kanal) Geschäftsführer des neu eröffneten Bunkerkohlenbetriebes der Kieler Kohlen-Großhandel GmbH. Das Klarieren der hier bunkernden Dampfer besorgte er im Einverständnis mit seinem Arbeitgeber auf eigene Rechnung. Der in jener goldenen Ära stark ansteigende Schiffsverkehr brachte es mit sich, daß seine anfängliche Nebentätigkeit einen immer größeren Umfang erreichte und schließlich alles andere überwog. Havarie-Vertretungen und ähnliches waren hinzugekommen, so daß Karl Grammerstorf im Alter von knapp 26 Jahren am 1. April 1914 eine eigene Maklerfirma am Kanal gründete. Sitz der Firma war ein kleines Bürogebäude auf der Alten Schleuse in Kiel-Holtenau, das heute noch vorhanden ist. Zehn Jahre später zog die Firma in ein repräsentatives Haus an der Südseite der Neuen Schleusen, dessen markante Giebelfassade zu einer Art Landmarke für die Schiffahrt im Kanal wurde: eben das Haus Karl Grammerstorf. Drei Persönlichkeiten bestimmten seine Entwicklung: Karl Grammerstorf, der Gründer, sein Bruder Theodor Grammerstorf und der in Schiffahrtskreisen ebenfalls sehr bekannte Prokurist Willi Mähl.

Das Haus Karl Grammerstorf gewann vom Tage der Gründung an bald Freunde im In- und Ausland. Die ersten guten Kunden kamen mit der Rickmers-Linie Hamburg und der Forenede Dampskibs-Selskab A/S Kopenhagen. Der Weltkrieg 1914/18 fiel zwar wie ein jäher Schatten auf die junge Firma, doch konnten als Ausgleich Marineaufträge erledigt werden. Erwähnenswert sind nachkriegsbedingte Aufträge der Reichsregierung, die mit der Kriegsentschädigung für Balkanstaaten zusammenhingen. Trotz politischer Wirren und Unterbrechungen entwickelte sich das Geschäft zufriedenstellend.

Bald wurde auch die reine Maklertätigkeit durch einen eigenen Schuten- und Schleppschiffahrtsbetrieb ergänzt, der sich tonnagemäßig aus dem aufgelösten ehemaligen Fahrzeugpark des Marinearsenals günstig anbot. Ein großer Teil der Leichter wurde als schwimmender Lagerraum nach Kopenhagen geschickt, wo Karl Grammerstorf einen Güterstau entdeckt hatte. Gleichzeitig wurden mit eigenen und gemieteten Seeleichtern und -schleppern Kohle von Stettin nach Dänemark und Holz von Pommern nach Holland verschifft. Die Zahl der von Grammerstorf beschäftigten Leichter stieg auf über 30 an, ihre Größe auf 1 000 Tonnen. Schiffsraum war gefragt, und das Schleppen größerer Anhänge brachte nach eigener Aussage guten Gewinn.

Der ursprüngliche Makler Karl Grammerstorf hatte sich allmählich in einen Reeder verwandelt, den die Schleppschiffahrt alleine nicht mehr befriedigte. Am 1. November 1926 übernahm er als seinen ersten Frachtdampfer die havarierte *Maron* (ex *Foxhole)*, ein Schiff von 800 Tonnen Tragfähigkeit, das er instandsetzen ließ und in *Käte Grammerstorf* umbenannte. Zwei Jahre später, man schrieb den 26. November 1928, ging die erste *Käte Grammerstorf* auf der Reise von Great Yarmouth nach Stettin beim Smith's Knoll Feuerschiff im schweren Sturm verloren. Die Heringsladung war aus den zerschlagenen Fässern übergegangen und hatte das kleine Schiff kentern lassen. Die Besatzung wurde durch den dänischen Dampfer *Flora* gerettet.

Es folgten die bei Nüske & Co in Stettin gebauten Dampfer *Heinrich Grammerstorf* (ex *Elsa*) und *Cläre Grammerstorf* (ex *Harald,* ebenfalls ein Havarist). Sie kamen 1928/29 in Fahrt, luden 800 bzw. 1 000 Tonnen, und verkehrten vor allem mit den kleinen bei Ebbe trockenfallenden französischen

Tidehäfen an der Kanalküste, für die sie wie geschaffen waren. Beide wurden später zugunsten der größeren *Nicea* wieder abgestoßen.
Das Jahr 1933 brachte der Kieler Firma mit der Übernahme des Schiffsparks der Hamburger Reederei Robert Peschkau weiteren Zuwachs: die Dampfer *Cora, Hansa* und *Anne.* Über den letzten ist nichts weiter zu sagen, da man ihn gleich wieder verkaufte. *Hansa* fuhr unter ihrem Namen weiter, *Cora* wurde dagegen nach einem verstorbenen Bruder des Reeders später in *Bruno Grammerstorf* umgetauft.
Am 1. April 1939 feierte das Haus Karl Grammerstorf sein 25jähriges Jubiläum. Bei Ausbruch des Zweiten Weltkrieges besaß die Reederei die Dampfer *Bruno Grammerstorf* (Baujahr 1920, 864 BRT), *Nicea* (ein ehemaliger Westindienfahrer der Hamburg-Amerika-Linie, Baujahr 1922, 1 948 BRT), und *Käte Grammerstorf* (vormals *Ditmar Koel,* Baujahr 1915, 5 088 BRT). Die kleine *Hansa* hatte man kurz zuvor nach Rumänien verkauft.
Während des Krieges betreute die Firma den sowjetischen Dampfer *Kaganowitsch,* später den finnischen Dampfer *Corona* und den italienischen Dampfer *Maggio XXIV.* Über das italienische Schiff berichtet der Reeder selber: „... hat sich als ungewöhnlich zuverlässig gezeigt ... Es ist ständig mit voller italienischer Besatzung nach Kirkenes und anderen Erzhäfen gefahren, um von dort Erz nach Deutschland zu bringen. Die italienische Besatzung hat stets treu ihren Dienst versehen. Sie wurde zum Dank dafür mit einem Flugzeug zu einem sechswöchigen Urlaub nach Neapel und zurück geflogen. Die Besatzung stammte aus dem südlichen Italien und Sizilien. Zum Rückflugtermin waren sämtliche Leute zur Stelle und traten ihre Posten wieder an. Durch die Marine konnte die Besatzung dauernd Teigwaren sowie Rotwein, warmes Zeug und Fußbekleidung erhalten. Ohne diese Lieferungen wäre es ihr nicht möglich gewesen, in diesem harten Winterklima oder in Norwegen durchzuhalten."
Diese Erklärung des Reeders Karl Grammerstorf zeigt seine Aufgeschlossenheit für menschliche Probleme, die er später noch häufig unter Beweis stellt.

Am Ende des Zweiten Weltkrieges waren von seinen eigenen Schiffen nur noch die *Bruno Grammerstorf* übriggeblieben, die mit 1 200 Ladetonnen zu den wenigen „großen" Dampfern gehörte, die man der deutschen Handelsschiffahrt belassen hatte. Die *Käte Grammerstorf* hatte 1941 auf der Fahrt von Emden nach Königsberg bei der Insel Juist eine Mine erwischt und war mit ihrer Kohlenladung gesunken. Die als Zielschiff für die U-Boot-Ausbildung verwendete schnelle *Nicea* hatten in Flensburg Bombentreffer vernichtet.
Die Häuser der Firma waren gleichermaßen mitgenommen. Das Kontor auf der Schleuse und das Privathaus des Reeders in der Bismarckallee lagen in Trümmer. Karl Grammerstorf selbst war in das Bauernhaus seines Hofes in

Laboe ausgewichen. Am schwersten jedoch hatte ihn der Tod seines Bruders Theodor Grammerstorf getroffen, der nach fast drei jahrzehntelanger Tätigkeit in der Firma bei einem der letzten Bombenangriffe auf die Holtenauer Schleusen ums Leben gekommen war. All dessen ungeachtet stellte sich der 57jährige Reeder und Kaufmann mit seinem ganzen Ansehen und der ganzen Kraft seiner Persönlichkeit den öffentlichen Aufgaben zur Verfügung, die man ihm jetzt antrug.

Der Empfang des britischen Parlamentärs und die Übergabe der Stadt, an der teilzunehmen man ihn gebeten hatte, waren noch das geringste. Schwieriger gestaltete sich die Versorgung der Kieler Bevölkerung und vor allem der ungeheueren Flüchtlingsmassen, die sich über See in das Land Schleswig-Holstein ergossen und verpflegt werden mußten. Karl Grammerstorf, dem der Oberpräsident Dr. Hoevermann auch in dieser Beziehung vertraute, fuhr mit seiner Frau „kreuz und quer durchs Land und beschaffte Milch, Butter und Quark", wie die „Kieler Nachrichten" vermerken. Das große Marineverpflegungslager in Möltenort wurde in Anspuch genommen, Schiffe mußten von ihrem Bordproviant abgeben, und schließlich wurde sogar ein für England bestimmter Dampfer mit 2 400 Tonnen Mehl an Bord mit allen verfügbaren Hilfskräften in einer einzigen Nacht gelöscht, wobei das Begleitkommando und die Bauern von Laboe mithalfen. In diesen hektischen Monaten nach der Kapitulation, als man buchstäblich von der Hand in den Mund und von einem Tag zum andern lebte, bewährte sich der Bürger Karl Grammerstorf mit seinem Sinn für das Gemeinwohl und mit seinem Organisationstalent. Mit Fug und Recht darf man ihn als einen Mann der ersten Stunde betrachten.

Die Situation der Reederei, die zuletzt ihre Geschäfte behelfsmäßig in einer Baracke fortgeführt hatte, erschien zunächst hoffnungslos. Die Angestellten hatte es in alle Winde verweht, und erst nach und nach fanden sie wieder zusammen. Der Dampfer *Corona* war seinem finnischen Eigner zurückgegeben worden. Dafür durfte die *Bruno Grammerstorf* in Fahrt gesetzt werden, die amtlich als durch Kriegsereignisse verlorengegangen gemeldet war, sich tatsächlich aber in den innersten Winkel der Stör nach Wewelsfleth zurückgezogen hatte. Dort war niemand hingekommen, und so hatte man sie einfach „vergessen". Nun bekam das Schiff eine alliierte Zulassungsnummer und dampfte davon, ein schwacher Anfang. Für Reedereigeschäfte blieb wenig Spielraum, hingegen konnte nach dem Fortfall alliierter Verbote das Haus Grammerstorf seine frühere Maklertätigkeit am Nord-Ostsee-Kanal wieder aufnehmen.

Deutsche Schiffsneubauten waren noch nicht erlaubt, Reparaturen jedoch zugelassen. Es spricht für die Findigkeit von Reedern und Schiffsbauern, daß sie diese Reparaturen wirklich großzügig auslegten. Hierin erblickte auch Karl Grammerstorf mit seiner Schiffahrts-GmbH eine Chance für sich. Er hatte bei Kriegsende, gegen den Rat Wohlmeinender, das ausgebrannte Wrack der *Dockenhuden* gekauft. Es handelte sich um die 1930 für französische Rechnung bei den Kieler Howaldtswerken gebaute *Marcel Schiaffino,* die man im Kriege als Prise aufgebracht hatte. Das Schiff wurde in einem Umfang wieder hergestellt, den man praktisch schon als Neubau ansehen konnte und 1950 als *Cläre Grammerstorf* (3 677 BRT) in Fahrt gesetzt. Das gleiche geschah mit dem Heck des in Norwegen auf den Felsen sitzenden Dampfers *Barmbek.* Die Flensburger Schiffbaugesellschaft baute 7/8 des Schiffes neu und ergänzte es durch das aus Norwegen herbeigeholte Heck. So entstand die *Käte Grammerstorf,* und die Reederei verfügte nun wieder über zwei Einheiten von je 6 000 Tonnen Tragfähigkeit und über die kleine *Bruno Grammerstorf.* Der 900-Tonner holte u. a. Lebensmittel aus England.

Die großen sind zunächst auf Reisecharter gegangen, wie der Brancheausdruck lautet. Die *Cläre* wurde dann an die Horn-Linie verchartert und war eines der ersten deutschen Schiffe, die wieder in Westindien aufkreuzten. Die *Käte* lief zeitweise für Mittelmeer-Linien. Dann fanden diese Schiffe wieder in der Trampfahrt Beschäftigung. Mit *Bruno* — und der von einer dänischen Firma angekauften *Theo Grammerstorf* betätigte sich die Reederei wieder in der Holzfahrt und damit im traditionellen Nord- und Ostseegeschäft.

Das Beispiel des Reeders Grammerstorf machte Schule. Auch andere Reedereien erwarben Schadenschiffe, um sie von Grund auf wieder herstellen zu lassen. Als nach dem Fortfall alliierter Beschränkungen die Landesregierung von Schleswig-Holstein ein Schiffbauprogramm vorlegte, wonach 20 Prozent der Bausumme vom Besteller selbst aufzubringen waren und den Rest die Landesbank und der Bund beschafften, kam die erste Order für die Kieler Howaldtswerke von Karl Grammerstorf — er bestellte dort den ersten Neubau nach dem Kriege, der übrigens seinen Namen erhielt. Schon eine Stunde später kam der zweite Auftrag von Zerssen & Co. Durch Grammerstorfs ständiges Werben für das neue Schiffbauprogramm angeregt, zogen bald weitere Reedereien mit Bestellungen nach: so Robert Bornhofen (der ein Schwesterschiff bestellte), Rob. Müller und F. L. Nimtz in Hamburg, Zuckschwerdt und die Reederei Sartori & Berger in Kiel.

So half ein Kieler Reeder mit, die bundesdeutsche Handelsschiffahrt anzukurbeln, um es plastisch auszudrücken. Er selbst stellte 1951 seinen Neubau, das Motorschiff *Karl Grammerstorf* (2 352 BRT) in Dienst, kaufte 1954 *Theo Grammerstorf* (1 169 BRT) und 1956 das Motorschiff *Heinrich Grammerstorf* hinzu, letzteres die ehemalige *Westfalen* (3 917 BRT) der Hugo Stinnes-Ree-

derei. So wehte zeitweilig die Reedereiflagge wieder über sechs Schiffen mit den traditionellen Namen und einer Gesamttonnage von 14 000 BRT.
Ende der fünfziger, Anfang der sechziger Jahre entschloß sich die Reederei, ihre Schiffe zu moderniseren, um auf dem Frachtenmarkt wettbewerbsfähig zu bleiben. Der Dampfer *Käte Grammerstorf* wurde in ein Motorschiff verwandelt. *Heinrich Grammerstorf*, ein schweres Schiff, das mit U-Boot-Motoren ausgestattet war, erhielt neue, stärkere Motore. Auch *Cläre* — und *Karl Grammerstorf* wurden verbessert. Alle diese Investitionen erforderten erhebliche Mittel und gingen von der Annahme aus, daß sich der Aufwand lohnen würde. Diese Hoffnung erfüllte sich indessen nicht. Die Lage auf dem Seefrachtenmarkt hatte einen neuen Tiefpunkt erreicht, der viele Reedereien zwang, sich umzuorganisieren oder mit anderen zusammenzuschließen.
Im Sog dieser Strömung kam es auch für das Haus Karl Grammerstorf zu Konsequenzen. Das Familienunternehmen der Schiffahrts-GmbH mußte sich an eine größere Gruppe anlehnen. Für das Maklergeschäft am Nord-Ostsee-Kanal wurde am 1. Januar 1964 die Kiel-Kanal GmbH gegründet. Beide Zweige der Firma setzten die Tradition des Hauses von 1914 fort, noch dazu mit Mitarbeitern, die ihnen schon über Jahrzehnte hinweg verbunden waren. Das äußere Bild änderte sich nicht, aber der Seniorchef hatte die Geschäftsführung in jüngere Hände gelegt. Sein Prokurist Mähl war schon 1961 dahingegangen, und ihm selbst hatte das Schicksal nur noch eine kleine Zeitspanne bewilligt.

Karl Grammerstorf starb am frühen Morgen des 6. Mai 1966 im Alter von 78 Jahren und wurde nach einer Trauerfeier in der Pauluskirche auf dem Nordfriedhof beigesetzt. Mit ihm verlor die Stadt Kiel einen ihrer profiliertesten Bürger, wie es in einem Nachruf heißt. Er war Träger des Großen Verdienstkreuzes der Bundesrepublik Deutschland und einer der wenigen Inhaber der Goldmedaille des Kieler Kommunalvereins. Von seinem Wirken künden zahlreiche Spuren in der Stadt. Er förderte den Wiederaufbau des Rathauses und des Stadttheaters, er stiftete den Turm und seine Frau die Turmuhr der Nikolaikirche. Er war Vorsitzender des Kieler Nautischen Vereins und zweiter Vorsitzender der Deutschen Seemannsmission, die den Bau des Fischerei-Jugendheimes in Büsum beschloß. Von seiner Mitgliedschaft und Ehrenmitgliedschaft in vielen Vereinigungen, von denen uns hier die maritimen interessieren, sollen die Zugehörigkeit zum Deutschen Schulschiff-Verein und zur U-Boots-Kameradschaft (um seiner Bemühungen für die Hinterbliebenen willen) erwähnt werden. Der Reeder stiftete Seereisen, spielte eine Rolle bei der Gestaltung der Kieler Woche und wirkte weit über die Grenzen der Stadt hinaus. An dieser Selle alles aufzuzählen ist unmöglich, zumal er ohne viel Aufhebens immer eine offene Hand hatte. Die Dinge der Schiffahrt waren ihm sein lebenlang ans Herz gewachsen. Im Holtenauer „Fördeblick" hängt noch heute das von Fräncis Glüsing gemalte Porträt der Fünfmastbark *Potosi,* das er dem Lotsengesangverein „Knurrhahn" schenkte, mit dessen Mitgliedern er sich alljährlich auf seinem Bauernhof in Laboe zum Hirschessen zusammenzusetzen pflegte. Heute versammeln sich unter diesem Bild regelmäßig die Kieler Mitglieder der Amicale Internationale des Capitaines au Long Cours Cap Horniers, jene Letzten, die noch das gefürchtete Kap Hoorn umsegelt haben.

Was die innere Struktur des Hauses Grammerstorf betrifft, so lassen wir Heinrich Grammerstorf, den Neffen des Gründers und Sohn von Theodor Grammerstorf, als jetzigen Chef zu Wort kommen: „Die Nachfolgegesellschaften der Einzelfirma Karl Grammerstorf (die Schiffahrts-GmbH und die Kiel-Kanal GmbH) gehören heute mit der Lübeck-Linie AG und dem Teutonia Fracht- und Assekuranz-Kontor in Hamburg zu ein und derselben Firmengruppe und arbeiten untereinander eng zusammen. Das hat sich als wirtschaftlich praktisch erwiesen und jede einzelne Firma der Gruppe gestärkt. Die Schiffahrts-GmbH wird vom Vorstand der Lübeck-Linie und mir zusammen geführt. Die Schiffe sind inzwischen aus Altersgründen verkauft worden. Ob neuere und modernere Schiffe in Zukunft wieder in Fahrt gesetzt werden, ist nicht entschieden. Unsere Aktivität hat sich in den letzten zehn Jahren mehr auf das Agenturgeschäft verlagert. Die Kiel-Kanal GmbH wird unter meiner Leitung mit Herrn Uwe Struck in Hamburg betrieben. Die Firma Karl Grammerstorf läuft paktisch im Sinne ihres Gründers weiter."
So wehen auch heute noch, nach fest sechs Jahrzehnten, die Initialen KG in der Kontorflagge des Hauses, die von spaßigen Seeleuten einmal als „Karl der Große" gedeutet wurden. Und was den Namen Heinrich Grammerstorf angeht, so denkt man dabei an das gleichnamige Schiff, das im Januar 1937 die Besatzung des auf der Prerow-Bank gestrandeten Bremer Dampfers *Taube* unter schwierigsten Umständen, behindert durch Sturm und Eis, abholte und dafür mit der Großen Goldenen Rettungsmedaille ausgezeichnet wurde.

Die „Nordische Reederei":

Von Kiel nach Chicago

Unter dem Sammelnamen „Nordische Reederei" wurden über ein Dutzend Nachkriegsjahre hinweg vier Kieler Schiffahrtsgesellschaften in Personalunion zentral verwaltet und geleitet: zuerst aus dem Hause Kehdenstraße 26/28, dann von der Holstenstraße Nr. 104. Man hätte sie auch „ostdeutsche" Reederei nennen können, im alten Sinne des Wortes, wohlgemerkt; denn ihre Initiatoren kamen aus eben jenen, ehemals deutschen Landen, um hier ein neues Unternehmen aufzubauen. Wenn dieses am Ende seinen Betrieb auch wieder einstellen mußte, so lag das an der Ungunst der Verhältnisse, die sogar alteingesessene und bodenständige Schiffahrtsunternehmen zum Stillstand kommen ließ, geschweige denn vom Kriegsende verdrängte Reedereien, auch wenn sie ihren guten Ruf und ihre Erfahrungen mitgebracht hatten. Das sollte man nicht vergessen; denn der spätere Seefrachtenmarkt schaffte gelegentlich zwar wieder einträglichere Bedingungen, mittlerweile aber waren rund hundertfünfzig Hausflaggen eingeholt worden, die ein besseres Los verdient hätten.

Zu den im Frühjahr 1945 nach Westen ausgewichenen deutschen Reedereien gehörte auch die Weichsel-Dampfschiffahrt A.G., ein schon 1841 gegründetes Unternehmen aus der alten Hansestadt Danzig. Sie hatte sich überwiegend im Schlepp- und Bergungsdienst betätigt, im Seebäderverkehr der Danziger Bucht und in der Frachtschiffahrt. Vor allem im Bergungsgeschäft hatte sie große Erfolge aufzuweisen. In den dreißiger Jahren gelang es ihr, vor Libau den britischen Dampfer *Baltabor* mit seiner wertvollen Ladung zu heben, was damals internationales Aufsehen erregte, und die schwedische *Bardeland* vor Neufahrwasser zu retten. Im Kriege folgte die Hebung der *Robert Möhring* vom Norddeutschen Lloyd, der *Brake*, der französischen *Malgache*, die nach einem Torpedotreffer mit einem Loch von 80 qm untergegangen war, und der im Danziger Hafen ausgebrannten norwegischen Königsyacht *Lofjord*, um nur einige zu nennen. Schließlich aber, und das betrifft nun unmittelbar den Kieler Hafen, war die Weichsel A.G. mitbeteiligt an der berühmten Bergung der 22 000 Tonnen großen *New York* der Hamburg-Amerika Linie, die querab

vom Hindenburgufer auf die Seite gefallen war. Ein ausgeglühter Haufen Stahl, der Ende der vierziger Jahre abgeschleppt und verschrottet wurde.
Die Geschäftsführung der Danziger Firma war geschlossen am schleswig-holsteinischen Ufer gelandet. Die Direktoren Buchholtz, Zuckschwerdt, Klostermann (später Bergungsleiter bei der „Bugsier"), Prokurist Krause und Maschineninspektor Eisenblätter genossen persönliches und fachliches Ansehen, etwas was sich in den Jahren des Wiederaufbaues ummünzen ließ und auszahlte. Denn die aus der Konkursmasse des verlorenen Krieges zurückgebliebenen materiellen Werte waren gering und lagen zudem vorwiegend in der Hand des Bundes.
Nun waren es Kredite der öffentlichen Hand, die es ihnen ermöglichten, sich mit anderen zusammenzuschließen und erneut in der Seeschiffahrt zu betätigen. Hinzugekommen war der ehemalige Danziger „Bugsier"-Direktor Patzlaff, ferner die in Kiel als GmbH wiedererstandene alte Memeler Reederei A. H. Schwedersky Nachf. Nach und nach stellten sie ein halbes Dutzend Frachter in Dienst: die *Elfriede* und *Annemarie*, die *Adriana* und *Luciana*, die *Süderholm* und *Norderholm*. Je zwei und zwei waren Schwesterschiffe, alle zusammen bei den Kieler Howaldtswerken gebaut, in Kiel beheimatet und mit dem Namen der Landeshauptstadt am Heck.
Im Jahre 1950 setzte die Firma Nordische Schiffahrt, Friedrich Patzlaff, die *Elfriede* in Fahrt, ein Motorschiff von 950 bzw. 1 518 BRT (je nachdem, ob man sie als sogenannter Shelter- oder Volldecker laufen ließ, was beides seine Vorteile hat). Die *Elfriede* ist insofern bemerkenswert, als es sich hierbei um das erste Motorschiff handelt, das nach dem Fortfall der von der Besatzungsmacht verhängten Beschränkungen auf deutschen Werften wieder gebaut werden durfte. Der Neubau wurde sofort nach Kuba verchartert und fuhr für die dortigen Auftraggeber bis zum Februar 1952. Danach war das Schiff für die Hamburg-Chicago-Linie unterwegs und zeitweise auch für die britische Cunard Line in der Fahrt zu den Großen Seen von Nordamerika beschäftigt. Im gleichen Jahr 1950 wurde von der Nordischen Reederei GmbH das Schwesterschiff *Annemarie* in Dienst gestellt. Vorübergehend an die Stern-Linie Lübeck verchartert, die das Schiff im Viehtransport einsetzte, kam auch die *Annemarie* ab Frühjahr 1952 für die Hamburg-Chicago-Linie in die Große-Seen-Fahrt. Diese Schiffe waren geradezu für ihre neue Route maßgeschneidert; denn mit 78 Meter Länge enspranchen sie genau den dortigen Schleusen (80-Meter-Kammern).
Den beiden ersten Schiffen folgten drei Jahre danach, 1953, die zur gleichen Reedereigruppe A. H. Schwedersky Nachf. GmbH gehörenden Motorschiffe *Adriana* und *Luciana* von je 1 599 BRT. Bei der Wahl der Namen hatte die Hamburger Reederei A. Kirsten Pate gestanden. Beide Neubauten

gingen von Anfang an in die Große-Seen-Fahrt, in der sie bis in die sechziger Jahre verblieben.
1955 wurden als letztes Paar die 1 159 bzw. 2 280 BRT große *Süderholm* und die *Norderholm* auf die Reise geschickt. Sie gehörten der Patzlaff & Zuckschwerdt GmbH (vormals Weichsel-Dampfschiffahrt AG). Man hatte diesen Schiffen einen diesel-elektrischen Antrieb gegeben, dessen besondere Manöveriereigenschaften sich in der Großen-Seen-Fahrt mit ihren vielen Kanälen und Schleusen als sehr zweckmäßig erwiesen. Denn wie ihre vier Vorgänger bewegten sich auch die letzten beiden Neubauten auf dieser Route, wenn man von einigen Afrika-Reisen der *Süderholm* absieht. Es bleibt noch zu erwähnen, daß die *Norderholm* eine zeitlang von der Svenska-Amerika-Linie eingesetzt wurde.

Doch die Zeit der „Nordischen" Schiffe war nur allzu bald vorüber. 1957 begannen die Frachtraten, die vorher und nicht zuletzt infolge der Koreakrise einen Höhepunkt erreicht hatten, stetig zu fallen. Im internationalen Seefrachtengeschäft herrschte ausgesprochene Ebbe, die angebotene Tonnage überwog die Nachfrage bei weitem. Die Rentabilität vieler Linien war in Frage gestellt. Hinzu kam der großzügige Ausbau des Seeweges auf dem St.-Lorenz-Strom, jener Verbindung zwischen dem offenen Meer und den großen amerikanischen Binnenseen, der jetzt auch größeren Schiffen den Zugang ermöglichte. Kleinere Einheiten waren nicht mehr so gefragt. Das traf natürlich in erster Linie Schiffe von der Art der „Nordischen" und hatte entsprechende Folgen.
Das Motorschiff *Elfriede* wurde 1962 nach Griechenland verkauft, die *Annemarie* Anfang 1963 an die Reederei Ernst Jacob in Flensburg. Zum gleichen Zeitpunkt wurden die anderen vier Schiffe aus betriebstechnischen Gründen an die Reederei Aug. Bolten, Hamburg, zur Bewirtschaftung gegeben. Ende 1964 waren drei von ihnen ebenfalls verkauft: *Norderholm, Adriana* und *Luciana.* Sie wurden Eigentum der Reedereien Knud Knudsen, Rendsburg, beziehungsweise Heinrich Schmidt, Flensburg. Das letzte Schiff, die *Süderholm,* übernahm im Februar 1966 schließlich Aug. Bolten selber. Und damit verschwinden sie aus unserem Gesichtkreis, auch die Gruppe der „Nordischen Reederei" besteht nicht mehr.
Immerhin spannte unternehmerische Initiative in den damaligen „Gründerjahren" nach 1945 von Kiel aus ihre Fäden in die weite Welt. Unverdrossen kreuzten ihre kleinen Einheiten auf der Hamburg-Chicago-Route den Nordatlantik mit seinen Orkanen und Eisbergen. Man sah sie auf dem Wege nach San Franzisko, zwischendurch im Mittelmeer und sogar an der Afrikaküste.

Sie gerieten in schwere Seenot, erlitten Maschinenschäden und bekamen gefährliche Schlagseite durch eine verrutschte Ladung Eisenerz. Doch irgendwie kamen sie immer wieder klar und fuhren im großen und ganzen glücklich. Unter Kapitänen wie Paul Blume, Kiehn, Gratopp, Scheltz, Veddern, oder unter Robert Clauß, dem letzten der alten Windjammerkapitäne von Laeisz – bekannt als Rinaldo Rinaldini und Robert, der Teufel.

Nach dem Sturm:

Dampfer 653 und sein Kapitän

Die Kieler Schiffahrtsgeschichte, der wir nachgegangen sind, ist sozusagen ein Kapitel für sich, das umständebedingt immer im Windschatten der Marine gelegen hat. Wenn nun nichtsdestoweniger die herangezogenen Beispiele allgemeines Interesse finden, dann wohl nicht zuletzt deshalb, weil sie eine Epoche lebendig werden lassen, die noch andere Maßstäbe anlegte und in anderen Zeiträumen dachte. Und gelegentlich hat sogar diese vergleichsweise bescheidene zivile Geschichte die Marinehistorik überdauert.

Gegen Ende des Jahres 1945 entdeckte der Verfasser in der „Daily Mail" die Fotografie eines deutschen Dampfers, den die Alliierten unter der Nummer 653 zugelassen hatten. Es war das erste deutsche Handelsschiff, das nach dem verlorenen Kriege einen englischen Hafen anlaufen durfte und es hatte überdies allen Grund dazu. Seine Ladung bestand nämlich aus britischer Kriegsbeute: Maschinenteile, Dokumente, Zeichnungen, Baupläne vom Panzer bis zur Walterturbine für U-Boote. Der 663 BRT kleine Dampfer hieß *Elisabeth* und kam von Kiel. Er gehörte dem Kapitän Robert Rühr.

Der Name Rühr verkörpert über drei Generationen hinweg ein handfestes Stück Kieler Seefahrt. Der jetzige Namensträger, Kapitän Friedrich Karl Rühr, ist Seelotse und war zeitweilig als „Oberknurrhahn" der Leiter des bekannten berufsständischen Gesangvereins. Ein C. Rühr führte in den siebziger Jahren des vorigen Jahrhunderts die Kieler Segelschiffe *Heinrich Lohmann* und *Tiger,* ein H. P. Rühr war Kapitän auf der *Helene* und der *Hainau,* allesamt unter der Flagge der Lohmanns. Die jetzigen Rührs wohnen jenseits der Förde auf familiärem Boden; denn die Familiengeschichte verläuft auf jenem Teil des Ostufers zwischen der ehemaligen Dänenkate von Jägersberg, woher der Großvater stammte, und Kitzeberg, dem Sitz der Nachkommen. Auch Großvater Ferdinand Karl Rühr war Kieler Kapitän und fuhr für Paulsen & Ivers. Sein letztes Schiff, die *Rival,* war zugleich das erste Dampfschiff der Firma.

Sein Sohn Robert Rühr, die Hauptperson dieses Berichtes, besuchte die Realschule und ging 1896 mit siebzehn Jahren auf die erste Reise. Als Matrose fuhr er auf Windjammern, so auf der *Paposo* von Laeisz und auch auf jenem Vollschiff *Susanna,* von dessen 99 Sturmtagen bei Kap Hoorn die Cap Horniers noch heute mit einer gewissen Andacht erzählen. Mit den in Lübeck erworbenen nautischen Patenten fuhr er wie sein Vater bei Paulsen & Ivers. Als die Reederei Robert Rühr im Alter von siebenundzwanzig Jahren zum Kapitän machte, hatte er damit eine Vorbedingung seines Schwiegervaters erfüllt und durfte heiraten: Elisabeth von Pein, die Tochter des damaligen Sparkassendirektors. So konsequent ging das in jenen Tagen zu.

Eine ganze Reihe Paulsen & Iversscher Schiffe sind mit Kapitän Robert Rühr verbunden: die *Sensal, Rival, Vital, Fanal, National* u. a. Man kannte damals noch nicht die heutige Hetze und fuhr beispielsweise schön sinnig mit Stückgütern in fünfwöchigen Rundreisen Rotterdam — Stettin — Stockholm. Der Erste Weltkrieg unterbrach dieses Geschäft. Kapitän Rühr kam zur Marine, war auf *S.M.S Großer Kurfürst,* auf der *Beowulf,* war bei der Sundbewachung, bei Oesel und Dagö. Zum Schluß setzte ein Torpedoboot den Oberleutnant zur See d. R. außer Diensten an der Kitzeberger Dampferbrücke vor seiner Haustür wieder ab. Von dort zu Paulsen & Ivers war der Weg nicht mehr weit.

Damals begann man in Kiel demontierte Kriegsschiffrümpfe in Handelsschiffe zu verwandeln, ihr Stahl war ausgezeichnet. Eines dieser Umbauten war der 1920 in Fahrt gesetzte Dampfer *Werra* der Hamburger Reederei A. Kirsten. Dem Kapitän Rühr fiel es nicht im Traume ein, daß ausgerechnet ihm die *Werra* einmal zufallen sollte. Aber nachdem er bis 1935 als letztes größeres Schiff von Paulsen & Ivers noch die *Imperial* geführt hatte, wurde die *Werra* auf dem Tonnagemarkt ausgeboten, und Kapitän Robert Rühr konnte den Dampfer, wie man so sagt, „für ein Ei und ein Butterbrot" erwerben. Er nannte ihn *Elisabeth,* nach seiner Frau. Als Steuermann nahm er sich Klaus Hardekopf aus Kiel, Maschinist für die moderne Wasserrohrkessel-Anlage wurde Walter Rix aus Möltenort. Das Frachtgeschäft besorgte August Bolten in Hamburg als Korrespondenzreeder.

Die „persönliche Note" der *Elisabeth* war ihr langer, dünner Schornstein; eine „Angströhre" für die Heizer, die in ihrer Größe den beiden Masten nicht viel nachstand. Er war gelb gestrichen und oben schwarz abgesetzt. Nebenbei bemerkt mit jenem dunklen Lloydgelb, damit man den Dampfer nicht mit den Schiffen von Sartori & Berger verwechselte. Doch die *Elisabeth* war nicht zu verwechseln, man kannte den Schornstein in der ganzen Nord- und Ostsee und sah ihn auch in Spanien. Die persönliche Note des Kapitäns waren sein Spitzbart und sein steifer Hut, die Melone. Jahrzehntelang trug er sich so, sichtbare Ausdrucksform einer früheren Kapitänsgeneration.

Die kleine *Elisabeth* und ihre sechzehnköpfige Besatzung durchstanden mehr oder weniger alle Fährnisse des Zweiten Weltkrieges: Norwegen, Sworbeeinsatz, Kurland. In weiser Voraussicht ankerte das Schiff im Mai 1945 in der Heikendorfer Bucht und blieb buchstäblich in der Familie. Man hatte es nicht

S & B-Dampfer *Wilhelm* (oben) und *Franz* (unten)

Reedereiflagge C. Andersen

Geschäftshaus Gebrüder Andersen in der Kieler Vorstadt, später in Holstenstraße umbenannt

Der an der sizilianischen Küste gestrandete Hecht-Dampfer *Emil*; vorn Plünderer

Heinrich Hecht

Fritz Hecht

Christian Ivers

Curt Ivers

Die *Harald Ivers* im Kieler Hafen

gerade übersehen, aber seine „Schuhgröße" war bei den Siegern auch nicht gefragt, und die Alliierten erteilten ihm schließlich die Zulassungsnummer 653. Als Kapitän Rühr, wie immer mit Spitzbart und Melone, einmal ernsthaft vorsprach, was nun eigentlich werden solle, schickten sie den Dampfer zum Eisenbahndamm und beluden ihn mit Beutegut.

So wurde die *Elisabeth* mit dem langen Schornstein und einem im Kriege eingebauten Funkpeiler zum ersten deutschen Handelsschiff, das sich in den Häfen des Vereinigten Königreiches von Großbritannien und Irland wieder sehen lassen konnte, von Methyl im Norden bis nach London im Süden, und rundherum. Mal mit einem Arrestbefehl der Krone am Mast, dann wieder ohne. Das ging so von Oktober 1945 bis Ende 1946, dann wurde 1947 Munition von Jägersberg abgefahren, dann Beuteschrott und Holz. Schließlich normalisierten sich die Handelsbeziehungen und das Brot der frühen Jahre schmeckte wieder besser.

Kapitän Robert Rühr fuhr bis 1951. Als sein Haus wieder stand, ging er endgültig an Land, 72 Jahre alt. 56 Jahre Seefahrtzeit lagen hinter ihm, davon alleine 46 Jahre als Kapitän. Das ist schon ein Rekord im Zeitalter der Rekorde, aufgestellt von einem Kieler Seemanne, der so gar nichts für derartige Modebegriffe übrig hatte. Ein Mensch, für den Treu und Glauben, ein Mann und ein Wort unerschütterliche Grundsätze geblieben waren. Ein Seefahrer alter Schule, von stillem Auftreten, der gerne in Teakholz bastelte, der sich bemühte, seine verbrannte Sammlung von Zeichnungen des englischen Marinemalers Spurling wieder aufzufüllen, mit den Cap Horniers und den „Knurrhähnen" verbunden, der in stillen Stunden zu sagen pflegte: „Der liebe Gott hat ein Herz für die Seeleute, und am Ende hat er auch einen Platz für sie." In Heikendorf liegt er begraben. Er hat seinen Dampfer um neun Jahre überlebt. Die *Elisabeth* wurde 1956 auf der Elbe, in Finkenwerder, abgewrackt. An ihren Eigner erinnert ein Versetzboot der Kieler Seelotsen, das seinen Namen trägt: „Kapitän Rühr".

Die Fördeschiffahrt:

Zwischen Ost- und Westufer

Am 26. März 1902 schrieb ein gewisser Hermann Runge in der Kieler Tagespresse: „Mit Riesenschritten hat sich die Marinestadt Kiel im Laufe der letzten Jahrzehnte entwickelt. Eingetreten ist sie in die Reihe der Großstädte, und aller Voraussicht nach wird die Entwicklung gleich rüstig fortschreiten. Aber in zwei wesentlichen Punkten ist leider kein Wandel bemerkbar: Fahrpreise und Fahrplan. Eine Fahrt nach Laboe beispielsweise kostet einen Familienvater mit Frau und zwei Kindern hin und zurück noch immer 2,80 Mark ... um nach Laboe zu kommen, muß noch immer der ganze Hafen durchkreuzt werden: im Zick-Zack-Kurs".

Man findet hier im großen und ganzen die gleichen Beschwerden, wie sie immer und zu allen Zeiten an Verkehrsunternehmen zu Wasser und zu Lande herangetragen werden. Diesmal betrafen sie die Neue Dampfer Companie (NDC), die seit 1906 den Fördeverkehr im zweckmäßigen Hin und Her betrieb. Über Folkerts Garten — Seebadeanstalt — Bellevue — Altheikendorf — Möltenort — Friedrichsort — nach Laboe. Der Kurs ist bis heute der gleiche geblieben und ergibt sich eben aus der Natur der Dinge.

In jenen fernen Tagen, als noch nicht jeder vierte Arbeitnehmer ein Fahrrad, genannt Veloziped, geschweige denn ein Auto besaß, als man sich noch nicht um die Kilometerpauschale stritt und das „Kieler Hufeisen" sich erst in lockerer Form abzuzeichnen anfing, in jenen fernen Tagen also bildete der Wasserspiegel der Förde die gängigste Verbindung zwischen der Stadt Kiel und den Anliegerorten. Vor allem auf die Bedürfnisse der Bauern und der Mühlen zugeschnitten, die ihre Erzeugnisse in die Stadt und zum Kieler Wochenmarkt brachten, wurde der Verkehr bis in die Mitte des vorigen Jahrhunderts mit Segelbooten unterhalten. Schon um 1800 wird eine Familie Jaeger erwähnt, die zum Warenaustausch die Strecke Neumühlen — Kiel befuhr. Die schwerfälligen Boote brauchten bei Gegenwind geraume Zeit, ehe sie am Bollwerk Schumachertor eintrafen, bei Flaute mußte gerudert werden. Von dieser Mitarbeit waren auch nicht die Fahrgäste befreit, die man zweimal wöchentlich mitnahm. Einer der ersten Bootsführer war Heinrich Jaeger („Schoster Jaeger"), ein 1811 geborenes Original und Heilpraktiker obendrein, der die Bootsführerei schon von seinem Vater übernommen hatte und sie schließlich mit seinem Sohn Christian August Jaeger (geb. 1837) gemeinsam ausübte, bis die Dampfschiffahrt beiden sozusagen das Wasser abgrub. Unter den Neumühlener Bootsführern werden auch die Dibbern genannt. Ein Fritz Dibbern, der von der Seeschiffahrt kam und sich später in seiner „Schwentinehalle" als Gastwirt betätigte; ein Gewerbe, das, wie man sehen wird, mehr oder weniger eng mit der Fährschifferei zusammenhing. Ein Paul Dibbern erscheint, dessen Frau auf seinem Fahrzeug *Charlotte* als Bootsmann mitmachte. Etwa um 1860 ist auch von einer Fähre Falckenstein – Laboe die Rede. Jochim Lage, Lotsenvorsteher von Laboe, schreibt in seinen „Lebenserinnerungen": „Max Vöge hatte damals das Fischen voll betrieben. Dann hatte er noch die Fähre von Braunberg, jetzt Falckenstein, zu besorgen nach Laboe. War er anderswo beschäftigt, wurde eine Flagge gesetzt. Es mußte dann ein Boot von Laboe die Passagiere holen, welches großenteils von den Fischerfrauen mitbesorgt wurde. Zwei Schillinge war die Taxe für einen erwachsenen Passagier. Der Fußweg über Kiel war lang und beschwerlich ..."

Die wechselnden Verhältnisse und die wachsende Bevölkerung verlangten jedoch neue und moderne Verkehrsmittel. Am 7. Mai 1865 berichtet die „Kieler Zeitung": „Heute, am 6. Mai, hat das Dampfboot *Kiel* seine Fahrten zwischen den Hafenstationen und in See für dieses Jahr eröffnet." Der kleine Dampfer, der aus Laboer Sicht „Passagiere, Briefe und auch Buttermilch nach Kiel führen soll", gehörte der Reederei Krantz & Holm (Karl Krantz, Georg Holm), die eine regelrechte Verbindung zwischen Schumachertor und den Fördeorten bis nach Laboe einrichtete und diese schließlich bis zur Strander Bucht erweiterte. Ab 1867 waren es neben der *Kiel* die Dampfschiffe *Courier, Speculant* und *Heinrich Adolph,* die auch „Lustfahrten" auf der Förde machten. Die *Courier* gehörte anscheinend schon zu einer zweiten Dampferlinie, an der Hans Wiese aus Laboe, Fritz Schütt aus Möltenort, Gustav Wirth und Ernst Schlüter aus der Schumacherstraße in Kiel beteiligt waren. Sie ließen einen weiteren Dampfer, die *Express* in Kiel bauen. Wie es heißt, waren die Dampfer gut besucht. Die Fahrgäste brachten sich Butterbrot mit, dann gab es Braunbier und Kümmel an Bord, später auch Grog. Der Dampferführer trank kräftig mit.

Am 6. September 1866 begrüßt das „Kieler Wochenblatt" freudig „das Unternehmen einer Dampffähre zwischen Neumühlen und Kiel, wodurch uns der Weg bedeutend abgekürzt wird". Zwei Tage später fügt es hinzu, daß es sich dabei um ein Alsterdampfboot handele, welches die Eingesessenen Walbaum und Stölting in Neumühlen gekauft hätten, um es hier in Fahrt zu setzen. Gleichzeitig wird in der „Maschinenfabrik der Herren Schweffel & Howaldt für Rechnung des Herrn Heuer eine zweite Dampffähre gebaut".

Ludwig Walbaum, der Initiator der ersten Schwentinefähre, wurde 1834 in Dietrichsdorf geboren. Er war Berufsseemann, hatte 1848 gegen die Dänen gekämpft, danach in Kalifornien nach Gold gesucht und war schließlich nach Australien gegangen, wo er als erfolgreicher Händler über Land zog. 1863 kehrte er wieder nach Kiel bzw. Neumühlen zurück. Dort wurde er Bootsführer wie die Jaeger und Dibbern. Als die Langesche Mühle, deren Erzeugnisse sie beförderten, einen eigenen Dampferbetrieb einrichtete, gewann er Claus Stölting zum Partner und beide setzten den vorerwähnten Alsterdampfer *Astraea* auf ihrer Strecke ein. Das Geschäft ging so gut, daß sie schon bald darauf den Dampfer *Concordia* hinzukauften, der die *Astraea* ersetzte, später auch noch eine *Germania.* Diese wiederum erwarben sie billig, da sie sich auf dem Plöner See nicht rentiert hatte. Auf den einzelnen Strecken erschienen nach und nach eine ganze Reihe von Dampfschiffen. Nach Neumühlen fuhren *Astraea* und *Concordia,* nach Ellerbek eine *Ellerbek,* während *Loreley, Concurrent* und *Wilhelminenhöhe* eben auch Wilhelminenhöhe ansteuerten. Jochim Lage aus Laboe berichtet: „Dann kam eine Gesellschaft, die nannte man die Bauerndampfer, *Verein I* und *Verein II.* Je Aktie wurde nur 100 Mark verlangt, habe auch eine Aktie genommen. Dieselbe bewährte sich so gut, daß sie zuletzt 24 Prozent Dividende zahlte."
Ludwig Walbaum jedoch fühlte sich nicht immer an seinen Fahrplan zum Ostufer gebunden. Wenn ihm seine drei Dampfer mit Schlepparbeiten mehr einbrachten, unterbrach er kurzerhand den Personenverkehr und jeder mußte selber sehen, wie er weiterkam. Nach August C. Hansen „litten darunter vor allem die Gastwirte, da sie nicht mit einer geregelten Beförderung ihrer Gäste rechnen konnten". Diese Gastwirte spielten, wie gesagt, eine nicht unbedeutende Rolle und sie waren, nebst der Posthalterei in Schönberg, daran beteiligt, als sich am 15. Februar 1872 der Dampfer *Neumühlen* als Konkurrenzunternehmen gegen Ludwig Walbaum einschaltete.
Die *Neumühlen* hieß ursprünglich *Apenrade.* Sie war 1865 unter der Baunummer 2 bei Georg Howaldt entstanden und für den Güterverkehr zwischen Apenrade und Sonderburg bestimmt gewesen. Sie war 16,76 Meter lang, 3,35 Meter breit und mit einer 40 PS starken Maschine ausgerüstet, die ihr eine Geschwindigkeit von acht Knoten verlieh. Der neue Fährdampfer gehörte verschiedenen Partnern, und A. C. Hansen als Korrespondenzreeder, der das ganze Unternehmen leitete, besaß selbst nur 1/10 Anteil. Als die Dinge nicht so glatt anliefen wie man es sich vorgestellt hatte, zahlte A. C. Hansen die anderen Teilhaber aus und war nun alleiniger Eigentümer eines Schiffes, aus dem sich später einmal die „Blaue Dampferlinie" entwickeln sollte. A. C. Hansen, der in Dietrichsdorf eine Anlegebrücke geschaffen hatte, ließ 1881 bei Howaldt (Bau-Nr. 45) die *Helene* bauen und ein Jahr später die etwas

größere *Anna (Bau-Nr. 79).* Im Jahre 1884 kam die *Frida* hinzu (Bau-Nr. 104) mit der verbesserten Compound-Dampfmaschine von 65 Pferdestärken. Als A. C. Hansen am 1. Dezember 1887 auch noch die *Germania* von Ludwig Walbaum und dessen Fährgerechtsame kaufen konnte, lag der Fährbetrieb zwischen Kiel und der Schwentine alleine in seiner Hand. Nicht zuletzt war es die ständig wachsende Belegschaft der Howaldts-Werft, die diesen günstigen Aufschwung mit sich gebracht hatte (1887 arbeiteten dort 634, 1889 bereits 1 263 Mann).

Die Hansens wiederum waren keine Neulinge auf dem Wasser und auch im Fährbetrieb nicht unbewandert; denn sie hatten schon 1798 auf der Schlei zwischen Sundsacker und Arnis eine Fährverbindung unterhalten. Von den Angehörigen des weitverzweigten Angeliter Hauses kamen einige im Laufe der Zeit weit in der Welt umher. 1832 verlegte das alte Familienunternehmen, das sich zur Segelschiffsreederei entwickelt hatte, von der Schlei nach Kiel. Der Chef der Firma, Reeder Peter Hansen, hatte als 25jähriger Kapitän seinen unter schwedischer Flagge segelnden Schoner *Governeur von St. Barthélemy* (120 tons, 50 Commerzlasten) 1812 im Kriege zwischen den USA und England verloren. Ein englisches Kriegsschiff hatte den Schoner im Atlantik aus formellen Gründen aufgebracht und zur Prise erklärt. Peter Hansen trat danach in die amerikanische Marine ein und diente an Bord der berühmten Fregatte *Constitution,* die sich mit den Briten harte Gefechte lieferte.
1832, als Schiffseigner Peter Hansen nach Kiel kam, besaß er die Brigg *Columbus,* die er später für 18 000 niederländische Gulden nach Rotterdam verkaufte. 1834 war er Eigentümer einer Brigg *Sirius,* die ihren Namen nach dem Glücksstern der Angeliter führte. Der zweimastige Segler hatte ein Fassungsvermögen von 109,5 tons und hieß früher *Concordia* von Amalienburg, wo die Familie zu Hause gewesen war. Obwohl Peter Hansen mit diesem Schiff bis Brasilien gesegelt ist und in Rio den heute schon legendären Kaiser Pedro II. zu Gesicht bekam, blieb das Glück diesem Schiff auf die Dauer nicht treu. Nachdem es mit Not und Mühe einen westindischen Hurrican überstanden hatte und leckend und zerzaust St. Thomas erreichte, war seine Seefähigkeit dahin. Es mußte aufgegeben werden. Im gleichen Jahre 1834 gehörte Peter Hansen noch der Dreimastschoner *Entrepôt,* ein Segler von 21,5 Commerzlasten. Mit diesem geriet er erst recht in die Bredouille. 1837 wurde der Schoner, der nach Tampico bestimmt war, von den noch nicht lange unabhängigen Mexikanern wegen Führens von Konterbande beschlagnahmt und Peter Hansen gefangen genommen. Der Kieler Schoner kam nicht mehr davon, aber Peter Hansen gelang es mit Hilfe guter Freunde, im Ornat eines

Priesters zu flüchten. Das ganze bringt ein wenig Abwechslung in die Kieler Schiffahrtsgeschichte, die nicht geringer wird, wenn man das Leben seines Sohnes A. C. Hansen betrachtet.
Dieser führte als Kapitän die Kieler Galiot *Bernhard* von C. L. Volkmar, 57 Commerzlasten groß. Im Krimkrieg von 1854/55, in dem sich England und Frankreich auf die Seite der Türken stellten und gemeinsam gegen Rußland zu Felde zogen, brachte die *Bernhard* ständig Nachschub und Passagiere von Großbritannien nach Balaklava auf der Krim. Zu ihren Fahrgästen zählten so prominente Persönlichkeiten wie die Krankenschwester Florence Nightingale, der „Engel der Verwundeten", und der spätere General Gordon (Gordon of Khartum). A. C. Hansen wurde Zeuge des in die britische Geschichte eingegangenen „Charge of the Light Brigade" (Angriff der Leichten Brigade) und verdiente roundabout so gut, daß er sich 1859 in Kiel ein eigenes Schiff kaufen konnte. Es war der von J. H. Frahm gebaute Zweimastschoner *August,* 60 Fuß lang, 25,5 Fuß breit und 21,5 Commerzlasten groß. Als Korrespondenzreeder, der für ihn an Land die Geschäfte besorgte, gewann er seinen Schwager, den Holzkaufmann Ludwig Arp.
Am Ende aber folgte A. C. Hansen dem Drängen seiner Frau, verkaufte 1865 im Alter von 41 Jahren das Schiff und widmete sich seiner Kalkbrennerei. Seemann, der er war, trieb es ihn zum Teil auch umständebedingt wieder ans Wasser, gewissermaßen „auf kleinste Fahrt". Er begann eine neue Karriere mit der *Neumühlen,* aus der sich die „Blaue Dampferlinie" entwickelte, die unter dem Namen A. C. Hansen bis in die fünfte Generation zum Inbegriff der Schwentinefahrt überhaupt wurde.

Der Ausdruck „Blaue Linie" bezog sich auf den blauen Außenbordanstrich ihrer Schiffe, durch den sich diese übrigens von der späteren „Schwarzen Dampferlinie" der NDC optisch wirksam unterschieden. Die „Neue Dampfer Companie" (NDC) nahm 1886 mit einem Schiff die regelmäßige Verbindung zwischen Kiel und Holtenau auf, wo man gerade mit den Vorarbeiten zum Nord-Ostsee-Kanal anfing. Im gleichen Jahr wurde die Linie um fünf weitere Schiffe verstärkt, bis Friedrichsort erweitert und später nach Heikendorf und Laboe fortgeführt. Mit dem schnellen Anstieg dieser Linie hatte wahrscheinlich auch der Ankauf der beiden grüngestrichenen Bauerndampfer *Verein I* und *Verein II* zu tun. Dazu eine Laboer Stimme: „Geschäftsführer der NDC war Bürgermeister Anton Conradi. Derselbe war Schwiegersohn von P. Krützfeldt, welcher Geschäftsführer der beiden Bauerndampfer war. Derselbe brachte es fertig, viele Aktien der beiden Vereinsdampfer aufzukaufen, so daß die beiden

Schiffe an die Neue Dampfer Companie übergingen. Die Passagierfahrt nahm ständig zu, Laboe wurde ein Ausflugsort."

Zwischen der „Blauen" und der „Schwarzen" kam es zu einer Absprache über die Fahrtbereiche. Demnach unterhielt A. C. Hansen uneingeschränkt den Verkehr zwischen der Schwentine und der Stadt. Die NDC übernahm dagegen den Fördedienst. Um bei der Querverbindung zu bleiben: um 1890 fuhren nach Dietrichsdorf-Neumühlen die *Frida, Anna, Helene* und *Germania.* In den folgenden Jahren vergrößerte A. C. Hansen seinen Schiffspark um *Georg* (1890), *Helene II* (1894), um die *August* (1898), um *Hertha* und *Heinrich* (1899), *Anna II,* später *Ute* (1906), *Ludwig* und *Anna III* (1935) und um die *Katharina* (1939). Die Schiffe trugen Namen von Familienmitgliedern. Sie fuhren von der Schwentine zum Seegarten, einschließlich der Reventlou-Brücke.

Die Flotte der NDC war 1892 schon auf 25 Einheiten angewachsen, wurde laufend verstärkt und modernisiert. Außer der Passagierfahrt auf der Förde betrieb sie auch das Schlepp- und Bergungsgeschäft. Ab 1890 unterhielt die NDC auch eine Linie vom Fischertor zur Hörn, ferner mit den nun älteren Schiffen *Kiel* und *Wilhelminenhöhe* die Fährverbindung Kiel—Gaarden. Hier verkehrten noch die Fahrzeuge *Clara, Helene* und *Sophie,* einer in Berlin registrierten Norddeutschen Dampfer AG. Es ging also, dem steigenden Bedarf entsprechend, ziemlich vielfältig zu. Dieser Eindruck verstärkt sich noch, wenn man erfährt, daß von und nach Ellerbek weitere vier Dampfer liefen: *Seemöve, Andreas, Marie* und *Hermann.*

Den langen Fördetörn der NDC bedienten die Dampfer *Verein I, Verein II, Heinrich Adolph, Courier, Express* und *Telegraph.* Die Routen hatten sich eingespielt und haben bis heute im wesentlichen ihre Struktur erhalten. Zeitgenössische Streiflichter: Am 4. 11. 1894 berichtete die Zeitung, „daß die Beamten der Neuen Dampfer Companie demnächst eine theilweise neue Uniformierung erhalten". Und am 13. 5. 1894, „daß der in Lübeck für die Neue Dampfer Companie gebaute, geräumige und elegante Passagierdampfer *Hollmann* gestern hier eintraf". Neben diesen neuen Dampfern traten die Veteranen allmählich in den Hintergrund. Von einigen weiß man noch etwas: die *Neumühlen* wurde 1882 abgewrackt, *Helene* und *Anna* fanden andere Käufer, *Georg* kam nach Berlin und fuhr auf den Havelseen weiter. *Helene II* verkehrte noch in den dreißiger Jahren als Fährdampfer auf der Unterelbe, *Frida* wurde 1935 abgewrackt.

Auch über die Pioniere der Fördeschiffahrt ging die Zeit hinweg. August Christian Hansen, der mit der *Neumühlen* begann, starb *1901.* Was Krantz & Holm betrifft, so meldete die Presse am 30. 9. 1906 den Tod von Friedrich Holm, „Kieler Bootsführer in den fünfziger und sechziger Jahren, versorgte die Wilhelminenhöher Fähren, stellte die ersten Dampfer ein und betrieb ein

Fischgeschäft". Am 7. 1. 1912 berichteten die Blätter über das Ableben von Kapitän Georg Holm, „Bootsführer und Pionier des Dampferverkehrs auf der Förde". Ludwig Walbaum, „der die erste Dampferlinie zwischen Neumühlen und Kiel einrichtete", starb am 6. 5. 1914, am Vorabend des Ersten Weltkrieges.

Die Entwicklung des Kriegshafens Kiel und seiner Werften ließ die Einwohnerzahl der Stadt rasch ansteigen. Zwischen 1900 und 1910 vergrößerte sie sich um das Doppelte – auf 200 000! Das belebte natürlich auch den Fördeverkehr. 1906 wurde neben der bereits bestehenden „Schwarzen Dampferlinie" der NDC und der „Blauen Dampferlinie" von A. C. Hansen noch die „Hafenrundfahrt A.G.", die „Weiße" gegründet. Diese befuhr mit acht Schiffen zwei entgegengesetzte Ringlinien, deren Fahrtrichtungen sich durch rote oder grüne Flaggen am Bug augenscheinlich unterschieden. Nach dem Ersten Weltkrieg wurde noch ein neuntes Schiff in Dienst gestellt und der Badestrand Falckenstein in die Rundfahrt einbezogen.

1928 ging man wegen der verhältnismäßig langen Fahrzeit vom Ringverkehr ab, seit 1934 wurde von der Hafenrundfahrt auch Laboe regelmäßig angelaufen. Mit vier neuen Motorschiffen der „Weißen Linie" baute die Hafenrundfahrt A.G. ihre Stellung in der Fördepassagierfahrt weiter aus. Als sie sich dann auch am Landverkehr beteiligte und am 1. 12. 1937 die Holsteinische Autobusgesellschaft übernahm, änderte sie ihren Namen in „Kieler Verkehrs-Aktiengesellchaft", kurz KVAG. Am 1. 1. 1939 ging auch die „Neue Dampfer Companie" in den Besitz der KVAG über, die damit „die" Fördereederei schlechthin wurde.

Die „Blaue Dampferlinie" wiederum hatte sich nicht nur auf Neumühlen und Kiel beschränkt. Als einziger privater Fähr- und Fördereeder unterhielt A. C. Hansen von 1922 bis 1930 mit den Schiffen *Georg, August* und *Anna* (bzw. *Ute*) einen Passagier- und Postdienst in den Küstengewässern um Rügen. Wie August C. Hansen selber berichtete, stellte er auch den Begleitdampfer für die Demonstrationsreise des Flettnerschen Rotorschiffes *Buckau* (ursprünglich als Dreimasttoppsegel-Schoner von der Germania-Werft gebaut) nach Stockholm. 1938 begann er eine neue Linienschiffahrt auf der Schlei, wo seine Reederei vor über hundert Jahren einmal ansässig gewesen war und wo man bis Ende 1961 noch drei Hansen-Schiffe sehen konnte: *Concordia, Nöck* und *Puck.* Weitere Besonderheiten waren seine Ausflugsfahrten in den Nord-Ostsee-Kanal, zur Schlei und in die dänische Inselwelt. Den Fördedampfer *Heinrich* überraschte während eines Ausfluges in die Elbmündung ein Unwetter, das ihm den Ehrennamen *Sturmgesell* einbrachte.

Der Zweite Weltkrieg fügte auch der Fördeschiffahrt schwere Schäden zu. Von den 24 Schiffen der Kieler Verkehrs AG. wurden 11 von der Kriegsmarine übernommen, die restlichen 13 verblieben dem Personen- und kriegswichtigen Berufsverkehr. Von 1939 bis 1945 gingen neun Dampfer verloren, der Rest wurde mehr oder weniger strapaziert: *Laboe, Stadt Kiel, Friedrichsort, Heikendorf, Holsatia, Holtenau, Kitzeberg, Möltenort* und die Schleppdampfer *Bülk, Hohwacht* und *Stein.* Vier mußten als Reparationsleistung an die UdSSR abgegeben werden: *Schilksee, Strande, Gaarden* und *Voßbrook.* Die Bezeichnung Dampfer ist übrigens nicht durchweg wörtlich zu nehmen. Meistens handelte es sich schon um Motorschiffe, denen nur die Macht der Gewohnheit und der landläufige Sprachgebrauch das Prädikat „Fördedampfer" verliehen haben.

Durch Ankäufe und Ersatzbauten gelang es der KVAG, ihre Flotte wieder auf einen leistungsfähigen Stand zu bringen. Der Schlepperpark wurde vergrößert. 1949 kam *Kormoran* hinzu (Baujahr 1939). 1956 lieferte die Krögerwerft Rendsburg den Schlepper *Strande,* einen Neubau mit 1 200 PS, der sich bei größeren Schleppaufträgen wiederholt auszeichnete. 1962 wurde die *Elch* gekauft, und aus einer Konkursmasse kam *Stein* (ex *Maria*) hinzu. Auch die Hafendampferflotte suchte die Lücken zu füllen, man sah wieder eine *Wik* (Baujahr 1950) und eine andere *Voßbrook* (Baujahr 1938) auf der Förde. Schließlich aber leistete die KVAG gründliche Arbeit, indem sie von 1959 bis 1963 ein Neubauprogramm verwirklichte und sechs Fahrgastschiffe in Dienst stellte, deren Namen die Tradition der Fördeschiffahrt fortsetzen: *Schilksee* und *Düsternbrook* (1959), *Falkenstein* (1960), *Bellevue* (1961), *Laboe* (1962), und *Möltenort* (1963). Es ist ein moderner und rationeller Motorschiffstyp, dessen 200-PS-Maschine von der Brücke aus gefahren wird.

Als größte Einheit wurde im Jahre 1961 die *Tom Kyle* (vormals *Oranjemoon*) hinzugekauft, die als Fähre zwischen Dänemark und Schweden verkehrte und jetzt zum Flottenflaggschiff der KVAG avancierte. Am 1. Oktober 1965 ging auch die „Blaue Dampferlinie" in den Besitz der Kieler Verkehrs AG. über die damit die gesamte Fördeschiffahrt nebst allen Fähren im Hafenbereich in ihrer Hand vereint und heute, bei dieser Niederschrift, 16 Fahrgastschiffe laufen läßt.

Zu erwähnen wäre noch, daß sich die KVAG nach dem Kriege mit der *Gaarden* am Transport von Schlachtvieh beteiligte, bis das alternde Schiff 1963 aus der Fahrt gezogen und verschrottet wurde. Andere Einheiten verließen ihren Heimathafen Kiel und wechselten Flagge und Eigentümer. Die alte *Laboe* wurde 1961 nach Dänemark verkauft und verkehrte im Öresund als *Knud Viking.* Nach Dänemark verschwand auch die *Mönkeberg,* ehemals *Katharina* der Blauen Dampferlinie, die als *Römö* an der Nordseeküste weiterfuhr. Die alten Schlepper *Bülk* und *Stein* bekamen 1964 in Holland einen neuen Reeder. Die *Holsatia, Möltenort* und *Kitzeberg* wechselten von der Kieler zur Flensburger Förde und bekamen dort auch neue Namen: *Jörgensby, Angeln* und *Nordertor.*

Von den ehemaligen Blauen Dampfern wurde die *Anna* 1955 nach Dänemark verkauft und kreuzte als *Faaborg* zwischen den Inseln. Weitaus abenteuerlicher war das Schicksal der MS *Ludwig* von A. C. Hansen. 1953 fand das Motorschiff einen Käufer an der Malakka-Straße, der es in *Belawan* umbenannte. Unter seinem neuen Namen soll es in die Kämpfe zwischen Indonesien und Neu-Guinea verwickelt gewesen sein. Interessant ist auch der Verbleib eines der ältesten Fördedampfer, der *Germania.* Wie schon erwähnt, hatte sie A. C. Hansen im Jahre 1887 von Ludwig Walbaum übernommen. Drei Jahre danach wurde die *Germania* nach Fiume verkauft, dem heutigen Rijeka, und überstand die weite Reise in die Adria ohne Schaden. Und damit wären wir wieder am Ausgangspunkt der Fördeschiffahrt, besser Förde-Dampfschiffahrt, angelangt.

Bei allem ist man versucht, an die romantische Verszeile zu denken: Ein Schifflein ziehet leise, den Strom hin seine Weise! Es gibt kaum etwas Hübscheres als eine fröhliche Gesellschaft auf einem flaggengeschmückten Dampfer, der auf der blauen Förde seines Weges zieht, während die grünen Ufer zurückbleiben und Schönwetterwolken sich in den sommerlichen Himmel türmen, etwa wie es Robert Schmidt-Laboe zu malen pflegte. Mit all diesen Fördeschiffen, so klein sie auch sind, ist ein Stück Kieler Stadt- und wohl auch Familiengeschichte verbunden. Von sehr viel Menschlichem umgeben ziehen sie dahin. Manch Kieler „Werftgrandi" hat sie ein Lebenlang benutzt, manches junge Paar hat sich auf ihnen gefunden, mancher „Blaue Jung", manche bedeutende Persönlichkeit ließ sich von ihnen tragen, und alle erlagen irgendwie ihrem Zauber. Mögen Formen, Farben und Namen dieser Schiffe unvergessen bleiben.

Rund um die Kieler Woche:

Die Männer mit der blauen Mütze

In der letzten vollen Juniwoche eines jeden Jahres messen, sozusagen vor unserer Haustür, Segler aus aller Welt ihr sportliches Können — es ist die Kieler Woche. Noch einmal zieht über die Förde ein Hauch von Segelschifffahrt dahin, der in der unvergeßlichen Windjammerparade der Olympiade 1972 einen beispiellosen Höhepunkt erlebte. Denn auch das Bild der Kieler Woche hat sich verändert, die Superyachten mit ihren riesigen Leinwandflächen von anno dazumal sind verschwunden. Über sie wurde manches geschrieben. Aber kein Wort wurde bisher über jene Berufsseeleute verloren, die sich als bezahlte Kräfte auf den Planken jener Freizeit-Klipper tummelten. Zu tief standen sie im Schatten hoher und höchster Arbeitgeber — die Yachtmatrosen nämlich. Obgleich keine Kap-Hoorn-Fahrer, gehören sie nichtsdestoweniger zu den letzten Jantjes unter Segeln. Wo kamen sie her, wo fuhren sie?

Was steigt dort für ein stolzes Schiff
am Horizont empor?
Es ist des Kaisers Yacht,
die *Meteor* —

So beginnt ein satirisches Gedicht um die Jahrhundertwende. Man entsinnt sich der Originalverse heute kaum noch (wer kennt etwa „Prinzessin Luise, die Bratkartoffeln macht in der Kombüse"?, und über die *Meteor* ist die Zeitgeschichte hinweggegangen. Doch gibt es Fotos von der *Meteor* (I—IV), vor allem von der großen Schoneryacht, und ein gesticktes Abbild schmückt eine Vereinsfahne, umrahmt vom Wahlspruch „In Sturm und Wetter ist Gott unser Retter". Es ist das Banner vom „Verein der Yachtmannschaften zu Eckernförde", der im Jahre 1906 gegründet wurde. Fotos und Banner befinden sich seitdem im dortigen Hotel „Zur Börse", dem Traditionslokal jener Männer, die sich selber eine in der ganzen Sportseglerwelt bekannte Kopfbedeckung nach englischem Muster entwarfen: eine flache breite blaue Mütze mit Tuchschirm. Nicht zu verwechseln mit den kleinköpfigen Deckeln der Segler von Elbe und Weser, oder jenen Mützen, die nach Prinz Heinrich und Graf Luckner benannt wurden. Die Yachtmatrosen gehörten zur Kieler Woche wie der Anker zur Kette und die Leine zur Flagge. Nur daß sie als bezahlte Kräfte am unteren Ende saßen.

Doch immer der Reihe nach: Als 1875 der Bootsbauer Thede am Kleinen Kiel für den Marine-Ingenieuraspiranten Gustav Sonntag ein mitteltiefes Schwertboot entwarf, die *Argo,* war dieses das erste Sportfahrzeug auf der Förde. Bis dahin hatte man nur die Sprietsegel der Fischer und die Ausflugsboote zwischen Ost- und Westufer gesehen. 1877 folgte die *Puck* des Baumeisters Ernst Krüger, ein Jahr später die 17 Tonnen große *Sylphe* (eine dem Kieler Segelschiffsreeder H. J. Lohmann gehörende „Lustyacht"), dann *Lollo, Teifun* und einige Alsterjollen. 1880 versuchte der nach Kiel kommandierte Marine-Ingenieur Seefkow, vom Königsberger Segel-Club „Rhe", mit seiner *Anna* an der Förde das Wettsegeln einzuführen. An der ersten kleinen Regatta am 1. September 1881 nahm u. a. auch der neue Kutter *Adler* von Paulsen & Ivers teil. Am 23. Juli 1882, dem eigentlichen Geburtstag der Kieler Woche, waren es schon 20 vielfach auf Umwegen herangekommene Yachten, die sich in drei Klassen auf der Kieler Förde maßen. H. J. Lohmann und Paulsen & Ivers waren wieder mit *Sylphe* und *Adler* dabei, sie wurden aber beide von der noch größeren *J. L. Freudenberg* (52,5 cbm) des Kielers H. Cruse übertroffen. Zu dieser Regatta waren alleine aus Hamburg 600 Zuschauer mit einem Extrazug gekommen. Die Rennstrecke führte über einen Dreieckskurs von Düsternbrook nach Bülk und Stein und zurück. Sieger wurde Leutnant z. S. Arenhold mit der *Lollo.* Als Schiedsrichter nahm auch der damalige Korvettenkapitän Tirpitz teil.

1889 beehrte der junge Kaiser Wilhelm II. die Kieler Woche als Zuschauer, worauf die Hamburger mit den ersten größeren Yachten aufkreuzten: *Thalatta* und *Potamide.* Der Kieler Segelsport gewann merklich an Bedeutung, als sich 1891 der Kaiser mit der in England angekauften *Meteor* (I), vormals *Thistle,* aktiv beteiligte. Des Kaisers Bruder, Prinz Heinrich, verstärkte die Kieler Yachtflotte durch den englischen Neubau *Irene.* Mit der zunehmenden Beteiligung und mit den wachsenden Größen der Segelyachten erweiterte man auch das Segelrevier. Seit 1893 wird die Regatta Kiel — Eckernförde ausgetragen.

Es ist die Zeit der großen Schoner, der schneeweißen zweimastigen Renner, die vom Reichtum und der gesellschaftlichen Stellung ihrer Eigner zeugen. Man liest jetzt Namen wie *Viking, Verena, Germania, Hammonia, Susanne,* die Kaiserin hat eine Schoneryacht *Iduna.* Aus der *Meteor I* war inzwischen die *Comet* geworden, der *Meteor II* folgte 1902 schon die *Meteor III,* ein neuer großer Schoner. Alles was Rang und Namen hatte, gehörte dem Kaiserlichen Yacht-Club an. Seine Königliche Hoheit Prinz Heinrich war Vize-Kommodore, und wie es heißt, war „Seine Majestät höchstpersönlich der Allerhöchste Kommodore".

Um der im Seesegeln führenden großen Schonerklasse zu zeigen, was die Hanseaten können, gründet man in Hamburg schlicht den Verein „Seefahrt".

Und als ob es so sein soll, läuft sein Schoner *Hamburg* (vormals *Rainbow*) der *Meteor* und der *Germania* davon. 1905 nahm die *Hamburg* an der ersten, von deutscher Seite veranstalteten Atlantik-Wettfahrt teil und belegte den zweiten Platz. 1913 wurde sie von der *Hamburg (II)* (ehemals *Westward)* abgelöst. Das zum Verständnis von Milieu und Lokalkolorit, dem noch viel Englisches anhaftet, bei den Namen und Yachten angefangen bis zu den Mannschaften hinunter.

Wie Heinrich Paulsen von den Eckernförder Yacht-Mannschaften erzählt, bestand die 36 Mann starke Besatzung der *Germania* (Eigner Krupp von Bohlen und Halbach) zur Hälfte aus Engländern. Eine 15-Meter-Rennyacht *Paula III* (Sander, Hamburg) war nur mit englischen Matrosen bemannt. Auf der kaiserlichen *Meteor* und *Iduna* war dagegen eine Stammbesatzung der Marine eingeschifft, die bei Regatten durch Zivilisten auf 30 bzw. 36 Mann verstärkt wurde. Überhaupt brauchten alle diese großen Schoneryachten für heutige Verhältnisse unvorstellbar viel Personal. Beispielsweise fuhr die *Aar* (früher *Meteor IV)* des Herzogs von Augustenburg 30 Mann, die vorerwähnte *Hamburg* 32 Mann und die *Nordstern* des Kieler Geheimrats Harries ebenfalls 32 Mann. Die (in der Wasserlinie) 19-Meter-Rennyachten erforderten noch immer 16 Leute: so die *Vendula* (Graf Thiele-Winkler), die *Cecilie* (Major v. Stumm) und die *Eleonore,* alle im Kaiserlichen Yacht-Club. Selbst bei den 15-Meter-Rennyachten mußten es noch ein Dutzend Mann sein, so bei *Sophie Elisabeth* (Bermann, Bremen), der vorerwähnten *Paula III* und der *Isabella Alexandra.* Die damalige Zeit sprach sehr viel von Herrenreitern und Herrenfahrern, aber weniger von Herrenseglern, deren Kräfte der Aufwand der großen Yachten ohnehin überstieg. Man postierte sich an Pinne oder Steuerrad und überließ alles andere den segelgewohnten „deckhands", die bei einem Sieg auch Anspruch auf Preisgelder hatten.
In dieser Atmosphäre von Reichtum, Eleganz und sportlichem Ehrgeiz wurden die Eckernförder Yacht-Mannschaften heimisch. Von Beruf eigentlich Fischer, die bei jedem Wind und Wetter segelten, holte man sie bald als Hilfskräfte auf die Planken der großen Yachten, schon um nicht mehr auf englische Matrosen angewiesen zu sein. Mit der Regatta Kiel—Eckernförde entwickelte sich auch die Eckernförder Bucht zu einem beliebten Revier des Segelsportes. War man drüben angelangt, ankerten die großen Yachten auf der Reede und unterhielten Bootsverbindungen mit dem Lande, wo man sich nach dem Segeln zu treffen und zu feiern pflegte und der Kaiser einmal leutselig mahnte: „Gieß nicht soviel Sekt in deinen Bauch, Selterwasser tut es auch." Seine Majestät ließ sich immer an der hölzernen Brücke des „Hotel Luisenbad" absetzen.

Die Eckernförder Seeleute fühlten sich auch der noblen Nachbarschaft verbunden. „Sie müssen da hineingeboren sein", sagte noch Jahrzehnte später berufsstolz der Veteran Heinrich Paulsen, der einmal die Yacht *Nordstern* segelte. Und ein anderer, „Skipper" Karl Brandt, weist darauf hin, daß schon sein Vater die Schoneryacht *Elisabeth* des Herzogs von Schleswig-Holstein-Sonderburg-Glücksburg führte. Wohlgemerkt im Sommer; denn im Winter wurde immer gefischt.

Doch hinter der glänzenden Fassade verbargen sich auch Not und Elend, „was auf den schlechten Verdienst in der Fischerei zurückzuführen ist", wie die alten Protokolle sagen. Da ließ das gemeinsame Interesse die yachtsegelnden Fischer zusammenkommen, und am 26. Oktober 1906 wurde in der dortigen „Ostseehalle" der „Verein der Yacht-Mannschaften in Eckernförde" gegründet, der erste und bedeutendste seiner Art in Deutschland überhaupt. Von den bei der Gründung anwesenden 17 Mann läßt sich heute nur noch der Vorstand namentlich feststellen. Zum 1. Vorsitzenden wählten sie Heinrich Crüys, der später nach Südwestafrika ging, die anderen Vorstandsmitglieder waren Th. Vendt, Wilhelm Krog und Johannes Franck.
Wilhelm Krog, dem die „Ostseehalle" gehörte, wurde Kassierer, „weil er doch nicht mehr segeln kann und einer vom Vorstand am Ort bleiben muß, der während der Sommersaison die Vereinsgeschäfte leitet". Das Eintrittsgeld betrug 1 Mark, der Monatsbeitrag 50 Pfennige. Nach der ursprünglichen, am 7. 11. 1906 gedruckten Satzung, bezweckte der Verein „die Zusammengehörigkeit der Mitglieder untereinander zu pflegen und zu befestigen, vom Verein aus Stellungen auf Segelyachten zu besorgen und nach Kräften zu unterstützen". Der Entschluß, politische Erörterungen zu untersagen war gewiß taktisch bedingt und honorierte sich dadurch, „daß die Vereinsangelegenheiten mit der Behörde in Ordnung sind und wir unsere Versammlungen nicht polizeilich anzumelden brauchen". Soweit die Niederschrift des noch heute vorhandenen und benutzten Protokollbuches.
Um für sich zu werben, überreichte der Verein schon in der nächsten Saison den namhaften Yacht-Clubs seine Statuten, „damit die Herren Yachtbesitzer sehen können, was wir wollen und nicht womöglich glauben, wir hätten andere Sachen dabei im Spiel". Was mit den „anderen Sachen" gemeint war, braucht wohl nicht näher erläutert zu werden. Man lebte eben im Kaiserreich, das die „bösen Linken" sozusagen unter Wind hatten. Das Vereinsabzeichen der Yachtmatrosen wurde ein weißer Wimpel mit blauem Rand, der ein Wappenschild mit goldenem Anker und der Inschrift YM Eckernförde zeigt. Anfang 1908 verlegten sie ihre Versammlungen von der „Ostseehalle" in das Hotel „Zur Börse" am Jungfernstieg.

Diejenigen Eckernförder, die als Skipper (Kapitäne) auf großen Yachten dienten, holten ihre jüngeren Kollegen nach. Neue Stellen wurden im Frühjahr verlost, und die also Vermittelten hatten ein „Schanzgeld" (von Chance) an den Verein zu zahlen. Über Neuaufnahmen wurde in geheimer Wahl abgestimmt. Gute Zeugnisse waren Vorbedingung. Liefen Beschwerden der Arbeitgeber ein, mußten sich die Nachlässigen vor dem Verein verantworten und in begründeten Fällen damit rechnen, ausgeschlossen zu werden. Untereinander hatten sie sich satzungsgemäß „eines freundlichen Benehmens zu befleißigen". So gewann der „Verein der Eckernförder Yacht-Mannschaften" bald einen ausgezeichneten Ruf. In seinen Mitgliederlisten erscheinen alte Eckernförder Namen wie Chr. Leckband, Adolph Petersen, die Gebrüder Schwensson, H. Ladebusch, G. Küntz, die beiden Book u. a. Auch von Maasholm kommen sie und von Apenrade. Der Kassenbestand beträgt 1908 insgesamt 90 Goldmark. Man muß das wissen, um das folgende zu verstehen.

Ende 1909 entschließt sich der Verein zu einer eigenen Fahne. Gegen Seemannsbrauch spricht man nicht von Flagge und Wimpel, sondern diesmal feierlich von einer „Fahne", einem Banner. Die goldbestickte und eingangs beschriebene Fahne wurde von einer Kölner Fahnenfabrik angefertigt und kostete die damals enorme Summe von 800 Mark. Davon wurden 200 Mark angezahlt und der Rest in Jahresraten von jeweils 100 Mark getilgt. Versichert wurde das teure Tuch bei der München-Gladbacher Feuerversicherung für eine Jahresprämie von 4,50 Mark. Und im übrigen konnte man sich nun sehen lassen. Getragen von Johannes Franck, flankiert von den Fahnenjunkern Friedrich Hansen und Adolf Thieß war ihr dekoratives Banner bei Umzügen ein sichtbarer Ausdruck ihres geachteten und angesehenen Standes. Man sah sie oft gemeinsam mit der Fahne des Kleinfischereivereins bei Festlichkeiten und Beerdigungen; denn beide Vereine standen sich nahe und ergänzten einander. Die in allen Stürmen der Zeit bewährte Fahne der Yacht-Mannschaften wird in der „Börse" aufbewahrt. Bei allen Hochzeiten und Jubiläen der Mitglieder bringt sie der Vorstand ins Haus und hängt sie über dem Ehrenplatz auf.
Gemeinsam mit den Kleinfischern begingen die Yachtmatrosen auch ihre Feste: den Weihnachtsball am 1. Feiertag im „Hotel Stadt Hamburg", zu dem anfangs der Verein der Räuchereigehilfen hinzukam, den Osterball und das Sommervergnügen mit Umzug und Festwagen (und zehn Musikanten), das Plattenschießen und die Familienfeste für Kinder. Außer der jährlichen Generalversammlung gab es vor und nach der Segelsaison noch je eine Hauptversammlung. Die Vereinsmitglieder dienten nicht nur im nahen Kiel, vielmehr auch in Greifswald, Danzig, Stettin, auf den Havelseen, im Königl. Bayerischen

Yacht-Club, in Österreich, d. h. an der Mittelmeerküste, kurz rund um die Kompaßrose. Der Nachwuchs wurde an einem Übungsmast im Auftakeln geschult, für die Bootsleute (wie die Matrosen hießen) veranstaltete man „Samariterkurse“ in Erster Hilfe. Der Segelsport stand in voller Blüte, der Verein hatte alleine 120 aktive Mitglieder, ganz abgesehen von den Veteranen und Förderern.

Aber das politische Barometer stand auf Sturm. Am 14. Februar 1914 wurden wie üblich die offenen Stellen der kommenden Saison verlost, aber nach dieser vorläufig letzten Kieler Woche kam man erst fünf Jahre später wieder zusammen. Das war nach dem Ersten Weltkrieg, am 2. Januar 1919. Über die Yachtmatrosen, die ihm zum Opfer fielen, sind keine Unterlagen vorhanden.

Neue Mitglieder wurden zunächst nicht aufgenommen. Das betraf auch diejenigen, die sich für die Dauer des Krieges hatten streichen lassen, um die Beiträge zu sparen. Jetzt wehte ein kühlerer Wind. Löhne und Rennpreise wurden neu festgesetzt. Die Yachtflotte selbst hatte sich verwandelt. Von den großen Schonern ist nicht mehr die Rede, nur drei bedeutende 18-Meter-Yachten werden in den Niederschriften erwähnt: die *Vendula, Cecilie* und die *Eleonor.* Schon macht sich die Inflation bemerkbar. Die Schanzgelder (Vermittlungsgebühren) der Yachtbesatzungen steigen von anfänglich 20 Mark für Skipper- und Steuermannstellen und 10 Mark für Matrosen auf 2 000 bzw. 1 000 Mark im Jahre 1923.

Dann stabilisieren sich die Verhältnisse, die Scheinblüte der zwanziger Jahre setzt ein, es wird wieder stärker gesegelt. Der Stand der Yachtmatrosen gewinnt an Gewicht. Die Eckernförder korrespondieren mit einem Verein der Yachtbootsleute 1909 Berlin-Wannsee und schenken dem Verein der Bootsleute von 1912 Berlin-Grünau zur Fahnenweihe eine seidene Schleife mit ihrem Wahlspruch „In Sturm und Wetter ist Gott unser Retter“.

Die Yachten wiederum sind durchweg kleiner geworden und brauchen viel weniger Personal, die *Meteor* existiert für sie nur noch en miniature. Der Kieler Modellbauer Kluge hatte eine solche in einer Hafenwirtschaft ausgestellt, von wo es die Eckernförder zur Erinnerung an glorreiche Zeiten mitbrachten und in ihrem Lokal „Zur Börse“ aufbewahrten. Heute befindet sich das *Meteor*-Modell in städtischer Obhut. Die Hoffnungen des Vereins, eine für amerikanische Rechnung in Kiel (Germania-Werft) gebaute, über 3 000 Tonnen große Motoryacht *Orion* voll besetzen zu können, erfüllen sich nicht. Lediglich zwei Mann gehen an Bord; denn die amerikanische Schiffsleitung hat angeblich auch Nichtseeleute angeheuert. 1933 sind, trotz der schlechten Lage im Segelsport, immerhin 33 Mitglieder des Vereins in Lohn und Brot.

In der NS-Zeit scheint es vor allem Schwierigkeiten mit der sogenannten Arbeitsfront gegeben zu haben. Nach einigem Hin und Her erlaubte man das

P & I-Dampfer *Aval*

P & I-Dampfer *Rival*

P & I-Dampfer *Signal*

Karl Grammerstorf
(1888-1966)

Heinrich Grammerstorf im Hamburger Hafen

Stapellauf der *Karl Grammerstorf* auf den Kieler Howaldts-Werken, 1951

Frachtschiffe der „Nordischen Reederei" MS *Luciana*, Schwesterschiff der *Adriana*

ES *Süderholm*, Schwesterschiff der *Norderholm*

MS *Elfriede*, Schwesterschiff der *Annemarie*

Weiterbestehen des Vereins in seiner bisherigen Form, „wenn keine Klagen kämen", hielt es aber für angebracht, daß wenigstens zwei SA-Leute dem Vorstand angehören. Nach einer merkwürdigen Randbemerkung im Protokollbuch, sollten es nur keine Marine-SA-Männer sein. Die Marine-SA hatte dagegen versucht, den ganzen Verein geschlossen in ihren Bereich zu überführen. Da die Betroffenen von sich aus nichts dazu taten, blieb es bei dem vergeblichen Versuch.

Einer der Gründer des „Vereins der Yacht-Mannschaften in Eckernförde" von 1906, Heinrich Crüys, war in den zwanziger Jahren als Experte nach Südwestafrika gegangen, um die dort bisher unbekannte Ringwade, eine Netzart, einzuführen. Dann hatte er in Walfischbay eine Fischräucherei nach bewährter holsteinischer Manier aufgemacht. Zum 30jährigen Stiftungsfest sandte man ihm über den Kurzwellen-Nachrichtendienst des Deutschen Rundfunks Grüße in die Ferne.

1938 werden die Yacht *Anita* (Eigner Walter Rau) und eine *Königin* erwähnt. Das Protokoll über eine Versammlung am 2. Dezember 1939 trägt den lapidaren Vermerk: Die Versammlung konnte nicht stattfinden, weil nur drei junge Mitglieder erschienen waren. Man ist wieder einmal im Kriege. Die Vereinsmitglieder sind eingezogen. Der bekannte „Skipper" Brandt betreut in Potsdam die Yachten des Oberkommandos der Kriegsmarine, er ist Bootswart und wird später Feldwebel. Zehn Jahre später trifft sich der Verein 1949 im Hafengasthaus wieder. Skipper Brandt, der von Potsdam heimgefunden hat, nimmt die Kassengeschäfte mit 199 DM auf, die von einer Lebensversicherung eingegangen sind. Sofort wird bei den Segelklubs, Yachtwerften und -agenturen für die Yachtmatrosen geworben. Doch ganz unabhängig von der Lage auf dem Stellenmarkt zeigen die kommenden Jahre, daß sich die personellen und rein persönlichen Voraussetzungen des Vereins verändern.

Beim 50. Stiftungsfest im Jahre 1956 erhalten drei Mann die goldene und 24 Mann die silberne Vereinsnadel. Sie gehören dem Verein 50 bzw. 25 Jahre an. Es sind schon die Alten, die mit wenigen Ausnahmen nicht mehr segeln. Die Kreuzfahrten auf europäischen und außereuropäischen Meeren liegen hinter ihnen. Die jüngeren Mitglieder wiederum mögen sich nicht so weit und so lange von ihren Familien entfernen. Sie ziehen es vor, zu fischen oder arbeiten als Zivilbedienstete auf Booten der Marine und der Behörden, um ein Beispiel zu nennen. Der Nachwuchs ist spärlich, so daß der Verein nicht mehr allen Stellenangeboten nachkommen kann. Bei einem seit Jahren gleichbleibenden Mitgliederbestand von etwa 80 verschiebt sich das Verhältnis von den Aktiven zu den Alten und Förderern mehr und mehr. Einige Unentwegte zieht es noch

immer hinaus: nach Miami, Ischia, nach Cannes oder wie die Yachthäfen heißen mögen. Ihre Arbeitgeber sind in etwa immer vom gleichen Schlag: Reeder, Werftdirektoren, Industrielle, Verleger. Die fördernden Mitglieder stehen dem Verein mit Rat und Tat zur Seite. Zu ihnen zählt auch der in Italien lebende Prinz Otto von Hessen, ein Enkel Victor Emanuels. Auf einer Yacht im Mittelmeer lernte er bei ihnen das Segeln.
Doch die alten Zeiten sind vorbei und viele Namen, mit denen sich bestimmte Vorstellungen verbanden, sind nur noch Erinnerung. Zwar dient man hier und da noch auf großen Yachten, auf der *Germania* oder *Fortuna*. Jedoch, sie zählen zu den Ausnahmen. Heinrich Crüys ist in Swakopmund gestorben, 86 Jahre alt. Heinrich Paulsen, einmal Bootsmann auf der Kieler Yacht *Nordstern* des Geheimrats Prof. Dr. Harries und danach auf anderen bekannten Schiffen zu Hause, lebt nicht mehr. „Tische" Otto, der auf der Stockholmer Yacht *Pleasure* über die Ostsee hinaus, das Mittelmeer, Südamerika, die Karibik und die Bermudas anlief, hat die Segel für immer festgemacht. Peter Anton, der auf der Yacht *Hamburg* und auf der *Orion* einen Job ergatterte, hat die schwarze Flagge geheißt. Und so weiter, und so weiter.
Eines hat sich erhalten, ihre Sprache. Nach einem Beschluß von 1965 wird auf allen Versammlungen und Festveranstaltungen plattdeutsch gesprochen. Und die Mütze ist noch da! Die unverkennbare Eckernförder Yachtmatrosenmütze mit dem großen Tuchschirm. Vom Ufer der Förden, aus der Welt der Segler ist sie nicht fortzudenken.

Wind, Farbe und Leinwand:

Bildchronist der christlichen Seefahrt

Irgendwo hängt das Bild eines in die Förde einlaufenden, mit Holz hochbeladenen und völlig vereisten Dampfers von Paulsen & Ivers, bei dessen Anblick man den heulenden Nordoststurm zu spüren vermeint und die Kälte, die einem ins Gebein kriecht. Es ist das Werk eines Künstlers, der Schiffe malen konnte. Sein Auge vermochte sogar dem Ziegelrot der Gebäude am nüchternen Eisenbahndamm und dem Mennigeanstrich eines Frachters vor den Geschäftshäusern der Diederichsen und Glückauf malerische Nuancen abzugewinnen. Ganz zu schweigen von den Parademotiven der Segelschulschiffe im Hafen, oder den Reflexen der Scheinwerfer und Lichtergirlanden auf der nächtlichen Förde während der Kieler Woche.

Viele Bilder dieses Genres hängen heute noch in Kieler Kontoren und Privaträumen: Hafenansichten von damals und Porträts ehemaliger Schiffe von Grammerstorf, Sartori & Berger und noch ganz anderen. Schiffe zu malen ist eine Kunst, an der sich die meisten erfolglos versuchen. Der, von dem hier die Rede ist, beherrschte sein Metier mit souveräner Eleganz.

Der Erste Weltkrieg hatte ihn an die Förde gebracht. Ein Marinesoldat um die Dreißig, der sich an Land ein Atelier mieten durfte, damit er die deutsche Flotte ins Bild setze — hipp, hipp, hurra! In seinem provisorischen Atelier, im spitzgiebeligen Dachgeschoß eines Eckhauses am Knooper Weg, gingen Admirale und Maaten gleichermaßen ein und aus, und vielleicht wäre auch „S. M." höchstpersönlich einmal gekommen, wenn sich der Mariner hätte entschließen können, nur für den Kaiser zu malen. Doch der Künstler in Uniform zog es vor, frei zu bleiben. Später kaufte er sich in Laboe ein Haus und wurde zum vielseitigsten Schiffahrtsmaler seiner Zeit: Robert Schmidt, der seinem Namen erst ein Hamburg hinzufügte und dann zu Robert Schmidt-Laboe wurde.

1963 ist er gestorben, 78 Jahre alt. Vor den Fenstern seiner um die Jahrhundertwende gebauten Villa dehnt sich die Einfahrt der Kieler Förde, auf der wie eh und jeh die Schiffe passieren, während am jenseitigen Ufer der Bülker Leuchtturm im Dunst verschwimmt. Man wird sich bewußt, daß es nicht mehr die gleichen Schiffe sind, die Schmidt-Laboe malte, und daß jene große und vor allem glanzvolle Zeit der deutschen Handelsschiffahrt für immer vergangen ist, die nun als Nachlaß des Künstlers die Wände bedeckt. Da sind sie: die letzten Windjammer, tiefbeladene Tramps, Ozean-Liner, Musikdampfer, die um Afrika oder nach Spitzbergen kreuzten, viele bunte Hafenstücke und hier und da in der Masse der friedlichen Armada versteckt auch ein Kreuzer.

Er hat sie nicht nur aus der Perspektive des Promenadendecks gemalt, der talentierte Berliner Fabrikantensohn, der als Sechzehnjähriger bei einem allerersten Besuch in Kiel seinen Traum von der Seefahrt leibhaftig vorfand und kurz darauf – 1901 – in Hamburg auf einem Afrikadampfer als Junge anmusterte. Nicht etwa, um Kapitän zu werden, sondern ein zielbewußter Künstler. Mit Unterbrechungen diente er acht Jahre vor dem Mast, vorzugsweise bei der Deutschen Ostafrika- und bei der Woermann-Linie. Er lernte die Welt und die Schiffe in- und auswendig kennen und malte, malte. Stapelweise nahm er die Studien mit nach Berlin, wo er sich ausbilden ließ. Er hat vielen seinesgleichen etwas voraus: die Wirklichkeit der Schiffe, des Meeres und der Küsten. Er braucht auch nicht auf den sogenannten künstlerischen Durchbruch zu warten, weil er sofort „ankommt". Er beginnt als Restaurator wertvoller Marinen, malt für eine Postkartenfirma eine ganze Serie von Seemotiven, die ersten größeren Seegemälde laufen ihm aus der Hand. Gegenüber dem Kriminalgericht Moabit hat er ein Atelier, aber immer wieder zieht es ihn an die Wasserkante, wo viele Hafenbilder entstehen und gekauft werden. Immer wieder geht er an Bord, jetzt als Passagier.
Als der Erste Weltkrieg ausbricht, ist er neunundzwanzig Jahre alt. Er meldet sich freiwillig zur Marine und nimmt auf S.M.S *Lothringen* an der Skagerrakschlacht teil, die er im Bilde festhält. Seine aktuellen Zeichnungen und Studien vom nassen Kriegsschauplatz erscheinen in den großen Illustrierten: in der Berliner, der Leipziger, in der Stuttgarter „Union" und in anderen. Er malt die Dickschiffe, die heimkehrenden U-Boote, den Hilfskreuzer *Wolf*, so daß man ihn schließlich an Land arbeiten läßt. 1917 heiratet er, bei aller Liebe zum Wasser aber doch eine junge Lehrerin aus seiner Heimatstadt.
Robert Schmidts Ruf als See- und Schiffsmaler ist nun gefestigt. Seine große Zeit aber kommt mit dem Wiederaufbau der deutschen Handelsflotte nach dem Ersten Weltkrieg. Von den Bauplänen der Kieler Werften zaubert er die Schiffe schon in voller Fahrt auf die Leinwand, mit den naturgetreuen Stimmungen. Er liebt ihre schnittigen Linien, ihren Schmiß, ihre Eleganz. Die führenden Reedereien werden seine Auftraggeber: Hapag, Lloyd, Hamburg-Süd, die Afrika-Linien. Er malt von Kapstadt bis zum Nordkap, macht die Rekordfahrt der *Bremen* mit und erfüllt die zahlreichen Aufträge aus dem

In- und Ausland. Immer wieder unternimmt er Studienreisen, vorwiegend nach Spitzbergen, dessen Stimmungen er in der Temperatechnik festhält, und die schließlich in Velhagen & Klasings und in Westermanns Monatsheften erscheinen. Fast nebenher entstehen 60 kleine Bilder „Vom Einbaum zum Ozeanriesen" und die Serie „Unsere Handelsschiffahrt". So wird er der Maler der Handelsschiffahrt schlechthin und malt die ersten und die letzten Schiffe, die heute keiner mehr kennt.
Diese ungeheuere Schaffenskraft verträgt sogar noch ein typisches Hobby: an Winterabenden, wenn draußen auf der Kieler Förde die Eisschollen treiben, baut der Künstler Dioramen. Er stellt mit über 30 000 stil- und kostümechten Zinnfiguren geschichtliche Episoden und Schlachten auf die Beine, an denen sich Historiker und Militärs orientieren und die im Kieler Thaulow-Museum der Öffentlichkeit gezeigt werden: vom Leben und Treiben eines hansischen Hafens bis zu Napoleons Rückzug über die Beresina. Hier spürt man das Bemühen des Malers um das Dreidimensionale, um das dekorative Bühnenbild und um die Darstellung von Zeit und Raum.
Die Zeit aber schreitet fort, und was gestern noch Wirklichkeit war, ist heute schon Geschichte. 1963 hat der Künstler den Pinsel für immer aus der Hand gelegt, die Farben seiner Palette sind eingetrocknet, und selbst die so konservative Schiffahrt — seine Schiffahrt — verläuft heute unter anderen technischen und politischen Vorzeichen. Alte Reedereien verschwanden, ihre Flaggen wurden niedergeholt, traditionelle Routen gingen ein. Der Luftverkehr ist hinzugekommen. Und der Künstler, der sich nicht scheute, Menükarten und Reedereiprospekte zu entwerfen, wurde von der Farbfotografie verdrängt.
Nur hier, am Saum der Kieler Förde, im Hause Strandstraße 23 in Laboe, blieb die Zeit stehen. Hier sieht man die Gemälde, hier ist ein Dampfer noch ein Dampfer und ein Windjammer kein Phantasiegebilde, bei dem man raten muß, was vorne und hinten sein soll. Die Kunst selbst ist ein Spiegel ihrer Zeit, die sich nicht wiederholt und am Ende auch Künstler und Kärrner hinter sich läßt. So wurde Robert Schmidt, der aus Berlin stammte und in Laboe vor Anker ging, zum Bildchronisten einer Ära und einer Umwelt, die in ihrer Vielfalt und Farbigkeit nicht wiederkehren. Es war die Glanzepoche der deutschen Handelsschiffahrt überhaupt.

Führ' mich nach Kiel zurücke:

Von Kieler Lotsen und Leuchttürmen

Zur Kieler Schiffahrtsgeschichte gehört auch ein historischer Rückblick auf seine Seelotsen. Historisch schon deshalb, weil sich im Laufe der Jahrhunderte eben alles verändert hat. Zur Urväterzeit gab es noch keinen Nord-Ostsee-Kanal mit seinem enormen Durchgangsverkehr, ab 1784 als schwachen Vorläufer den hinter Holtenau beginnenden kleinen Durchstich des Eiderkanals. Das Revier der Lotsen war die lange schlauchartige Förde. Alt-Kiel und der Kieler Hafen lagen im innersten Winkel der Förde, die Lotsen aber wohnten naturgemäß weit draußen an der offenen See. Dort wo sie zwar noch Landschutz hatten, aber doch den einkommenden Schiffen möglichst nahe waren, wenn diese ihre Hilfe brauchten, um in die Kieler Förde einzusteuern. Vorbei am sandigen Laboer Riff und durch die Friedrichsorter Enge, die den Flaschenhals zum Kieler Hafen bildet, und in umgekehrter Richtung ebenfalls. Die Lotsen waren Seelotsen und wohnten in Laboe. Auf dem gegenüberliegenden Ufer der Bülker Huk wurde ein altertümliches Leuchtfeuer unterhalten.

Der freundliche Badeort Laboe, ehemals ein Fischerdorf, wird namentlich als Lubodnie 1287 zum erstenmal erwähnt. Während des Dreißigjährigen Krieges wurde der Ort bis auf zwei Häuser völlig zerstört. In einem von ihnen, der früheren Vogtkate, findet man noch heute die Zeichen des schwedischen Generals Thorwaldson. Nach den Schweden kam die Pest und rottete nahezu die gesamte Bevölkerung aus. Der heutige Blaue Blick hieß früher „Gruuns Barg" (Berg des Grauens). Unter ihm liegen die von der Pest Dahingerafften begraben. Man muß das alles im Zusammenhang sehen, denn die Geschichte des Ortes ist identisch mit der seiner Lotsen.

Ungefähr um 1650 werden diese zum erstenmal erwähnt, und zwar sind es die Lotsen Wiese und Schlappkohl. Die Wieses sind nachweislich seit dem 13. Jahrhundert dort ansässig, die Schlappkohls stammen aus den Niederlanden. Wie überall an der Küste waren es auch hier anfänglich nur besonders ortskundige Fischer, die ihre Lotsendienste nebenberuflich anboten. Bei Bedarf unterbrachen sie ihren Fang und segelten mit ihren Booten den Schiffen entgegen. Anfang des 19. Jahrhunderts kam das bis dahin unbeschränkte ostholsteinische Lotsenwesen, und kamen damit auch die Laboer unter staatliche Aufsicht. Den Dienstbetrieb regelten obrigkeitliche Erlasse der damals dänischen Herzogtümer Holstein und Lauenburg. Die Lotsen brauchten für ihr Gewerbe eine staatliche Konzession — ein Lotspatent — und hatten eine Prüfung abzulegen. Manche Unterlagen über die ostholsteinischen Lotsen sind heute nur noch in den königlichen Archiven in Kopenhagen vorhanden.

In der staatlich beaufsichtigten Seelotsenstation Laboe gab es anfänglich drei Lotsen, dann kam ein Oberlotse oder Lotsvorsteher hinzu, später wurde das Personal um zwei Nebenlotsen und drei aushilfsweise als Lotsen beschäftigte Fischer erweitert. Aber vorerst verlief selbst der staatliche Lotsbetrieb noch sehr einfach. Wenn die alten Laboer Seelotsen auf Ausguck standen, schauten sie in Richtung Bülk; denn sie konnten nicht „um die Ecke gucken". Neben dem Bülker Leuchtfeuer war ein Posten, der die offene See weithin überblickte. Näherte sich ein Schiff, setzte Bülk ein Signal und der Laboer Lotse segelte ihm entgegen.
Nach den „Lebenserinnerungen" des 1847 in Laboe geborenen Jochim Lage wohnte der Lotsvorsteher nicht in Laboe, sondern auf Bülk und versah dort gleichzeitig den Posten des Leuchtfeuerwärters. Es muß in den fünfziger Jahren des 19. Jahrhunderts gewesen sein und betraf seinen Onkel Joh. Herrenbrodt. Lage schreibt: „... Onkel war Feuerwärter und Lotsenvorsteher, hielt sich zwei Reservelotsen ... Onkel Herrenbrodt war gutgestellt, hatte 1 500 dänische Thaler Gehalt im Jahr; erhielt 100 Thaler, für das er sich ein Mädchen halten konnte, die beim Feuer wachte, brannten nur Brennöl, später Petroleum, ... setzte einen Signalball und Flagge und zeigte damit an, daß er einen Lotsen wünschte ..."
Herrenbrodt betrieb neben seinen beiden maritimen Ämtern noch eine kleine Landwirtschaft und hielt sich einen Knecht. Auch die beiden Reservelotsen, die in Laboe wohnten und sich auf sein Signal hin in Marsch setzten, betrieben in der Hauptsache die Fischerei, das Steinfischen und das Ernten von Seegras. Beide teilten sich die eine Hälfte der Lotsgelder, während die andere Hälfte dem gutgestellten Lotsvorsteher Herrenbrodt zufiel.
Dem Oberlotsen und Lotsenvorsteher war ein schleswig-holsteinischer Lotsenkommandeur übergeordnet. Lage nennt namentlich den Inspektor des Eiderkanals, Lund, in Rendsburg. Die Tatsache, daß dieser ebenfalls zwei Ämter in Personalunion ausübte, läßt darauf schließen, daß es mit dem damaligen Schiffsverkehr und dem Lotsbetrieb noch nicht allzuweit her gewesen sein kann. Im Jahre 1855, während des Krimkrieges, lief ein Geschwader der Verbündeten England und Frankreich in den Kieler Hafen ein. Flaggschiff war die *Duke of Wellington,* ein Dreidecker-Linienschiff mit 128 Kanonen und 1 500 Mann Besatzung, und mit einem beachtlichen Tiefgang von 28 Fuß (8,53 Me-

ter). Die Lotsen hatten bei alldem einen guten Verdienst; denn der Lotstarif war der Tonnage angeglichen. Später wurde er auf den Tiefgang bezogen, wodurch sie sich wieder schlechter standen. Zahlungsmittel war das englische Pfund Sterling. Zusammengenommen brachte das Geschwader Betrieb und Abwechslung in den bis dahin geringen Verkehr der Segelschiffe. Die kleine Stadt Kiel mit ihren etwa 20 000 Einwohnern aber hatte derart große Schiffseinheiten noch nicht gesehen.

Wie die meisten Laboer Jungen ging auch Jochim Lage im frühen Alter zur See. Es war eine andere Seefahrt als heute, und fast alle Familien hatten unter den Söhnen Tote und Verschollene zu beklagen. „Als in Kiel mehr Reedereien hinzukamen, waren die Laboer Seeleute gesucht ... da dieselbe alle Branchen durchgemacht hatten auf großen und kleinen Schiffen. Die nicht durch Schiffbruch umkamen, wurden gerne von den neuen Reedereien genommen. Zuerst auf Segelschiffen, später wurden sie Dampferkapitäne." Die Gebrüder Lage gehörten auch dazu. Theodor Lage fuhr lange Jahre den Dampfer *Ferdinand* von Sartori & Berger, Johannes Lage den Dampfer *Thea* der Reederei Diederichsen. Der jüngste Bruder erlernte die Segelmacherei und eröffnete ein rentables Geschäft in Kiel.

Jochim Lage, der nicht lange zuvor sein Steuermannspatent „mit Auszeichnung" erhalten hatte, nahm das Angebot an, Lotse auf der Station Laboe zu werden. Im März 1865 legte er das Lotsenexamen ab. „Da noch wenig Schifffahrt war, nur Segelschiffe, war mein Verdienst kaum ausreichend zu nennen. Ich bekam 1/3 der Lotseneinnahmen, mein Vetter B. Herrenbrodt 2/3" (wahrscheinlich ein Sohn des vorerwähnten Herrenbrodt auf Bülk). Später ertrank der Vetter beim Anbordgehen eines Dampfers, und Lage wurde Lotsenvorsteher mit höherem Verdienst, es wurden auch drei Lotsen mehr eingestellt.

Nach dem deutsch-dänischen Kriege von 1864 liefen eines Tages die ersten preußischen Kriegsschiffe in Kiel ein, die Korvette *Arkona* und der schlanke Aviso *Grille*. Sie führten die weiße preußische Kriegsflagge mit dem schwarzen Adler. Der alte Lotsenkommandeur und Kanalinspekteur Lund in Rendsburg war gestorben und ein Preuße an seine Stelle gerückt. Lage bemerkt, daß ihnen der Neue viel zu schaffen mache und erwähnt, „derselbe war wohl früher bei der Marine gewesen ... So verfuhr er auch hier gegen die Lotsen. Wenn wir Einwendungen machten, sagte er: Ich bin die Regierung, schweigen Sie! Wir protestierten, daß er ohne Rücksprache mit uns alles ändern wollte. Alle unter seiner Aufsicht klagten, daß sie schlechter gestellt wurden. Auch

sollten wir nicht die Flagge der preußischen Lotsen führen, da wir keine preußischen Beamten waren."
Endlich wurden sie von diesem Lotsenkommandeur erlöst, bekamen aber wieder einen von der Marine erzogenen. Man kann sich eines gewissen Lächelns nicht erwehren, wenn Lage lamentiert: „Diese Leute haben vom Erwerbsleben keine Ahnung, wissen sich gut bei Höhergestellten zu benehmen, sind aber unpraktisch ... haben keine guten Erfahrungen mit gemacht." In Dänemark hätte man es anders gehandhabt und nur solche Leute in führende Lotsenstellen gesetzt, die das Fach kannten.
Schließlich aber spielte sich alles ein, auch der gefühlsmäßige Widerstand gegen die preußische Obrigkeit verebbte, zumal Geld ins Land kam. Kiel wurde zum Kriegshafen ausgebaut, Forts entstanden zu beiden Seiten der Förde. Es gab viel Arbeit und Verdienst, und die Stadt hatte den Vorteil davon. Bei kleinem kamen auch mehr Schiffe nach Kiel, Dampfer mit Kohlen und Holz. Das Einkommen der Seelotsen stieg an. Lage hatte, wie jeder Lotse, sein eigenes Segelboot (ein neuartiges Schwertboot, wie er stolz vermerkt), das ihn „ausholt", und einen zuverlässigen Bootssteuermann namens Heinrich Arp, der Tag und Nacht für ihn da war. Das war ihnen allen auch zu gönnen nach langen kargen Jahren, in denen neben der Lotserei allerlei Nebenerwerb getan werden mußte. „Ich habe gefischt, weißen Seesand geholt und Seegras geerntet." Der Seesand diente, nach der Mode der Zeit, als Streusand für Wohnungen, das Seegras für Polsterzwecke. Im Sommer gab es auch „Lustfahrten" mit Passagieren in See und zum neuen Bülker Leuchtturm, wo der gutgestellte Feuerwärter längst verschwunden war.
Einmal erlitt Lage einen Betriebsunfall. Beim Längsseitsgehen an der russischen Schulfregatte *Demetri Domski* geriet er mit dem Boot unter das Fallreep und fiel ins Wasser. Im Nu hatten ihn die Russen gerettet und nahmen ihn sehr gut auf. Mit einem Offiziersrock neu eingekleidet, brachte er die Fregatte in den Kieler Hafen. Dort speiste er „tadellos" in der russischen Messe, durfte die Kleidungsstücke mitnehmen und erhielt obendrein später noch ein Schmerzensgeld.

Im Zuge der neuen Zeit wurden die Seelotsen alljährlich zu einer militärischen Übung verpflichtet. Gegen eine Entschädigung von zwei preußischen Talern für jeden Tag mußten sie die Schiffe durch eine Sperre lotsen, die man für den Fall der Verteidigung übungshalber zwischen Friedrichsort und Laboe ausgelegt hatte. Die Balkensperre als solche hat sich übrigens noch bis in den Zweiten Weltkrieg erhalten.
Von unbeliebten Vorgesetzten ist nicht mehr die Rede. Die Lotsenkomman-

deure amtierten jetzt in Kiel. Es waren dies ehemalige Deckoffiziere der Kaiserlichen Marine. Vom ersten weiß man nicht viel mehr als seinen Namen, er hieß Wille. Der zweite, Quering, hatte als Obersteuermann auf der Kaiseryacht *S.M.S. Hohenzollern* gefahren und scheint eine bekannte Figur gewesen zu sein. Die Oberaufsicht führte nun der Regierungspräsident in Schleswig, der die Prüfungen abnehmen ließ und die Bestallungen (Bestätigung als Lotse) erteilte. Die Bewerber wurden dagegen von den Lotsen selber ausgewählt und vorgeschlagen. Die Laboer waren nun dem „Verein der ostholsteinischen Lotsen" angeschlossen, der damals den ganzen Küstenstrich von Apenrade und Hadersleben bis zur Neustädter Bucht umfaßte.

Der 1895 eröffnete Nord-Ostsee-Kanal (damals noch Kaiser-Wilhelm-Kanal genannt) brachte dem Schiffsverkehr auf der Kieler Förde und damit dem Lotsenwesen einen erheblichen Aufschwung. Abgesehen von den neu aufgestellten Kanallotsen, die in der Lokalgeschichte nur am Rande erwähnt werden sollen, wurde die Anzahl der Laboer Seelotsen auf sieben erhöht. Diese Kopfstärke reichte bis 1937, als die „Lotsenbrüderschaft Laboe" unter die Dienstaufsicht des Kanalamtes Kiel-Holtenau kam. Was ihr Revier betraf, so war es buchstäblich der Flaschenhals zu Deutschlands ältestem Kriegshafen, und daher ergab es sich von selbst, daß die Laboer bei Ausbruch des Zweiten Weltkrieges den Kern der Marine-Sperrlotsen bildeten. Nach dem Kriege kamen die Jahre erneuter Selbständigkeit unter dem Geschäftsführer Kapitän Emil Faecks. Im großen und ganzen ist dies die erfolgreichste Periode der Brüderschaft gewesen, die sich durch Vertragslotsen aus der Schiffahrt verstärken mußte. Zwar fiel im Mai 1948 der bis dahin bestehende Lotsenzwang auf der Kieler Förde fort, aber 80 Prozent aller Schiffe verlangten nach wie vor ihre Hilfe, so daß die Laboer Seelotsen allmählich auf 35 Mann anstiegen. Aus den ehemaligen Fischern von dereinst waren Kapitäne auf großer Fahrt geworden, die sich den Wind aller Meere hatten um die Nase wehen lassen. Vorbei waren die Tage der kleinen Segelboote, längst kreuzten sie in großen seegehenden Motorfahrzeugen vor der Förde und hielten sich auf dem Feuerschiff Kiel für die Schiffahrt bereit, das war ihre Station. Die aus Mitteln der Brüderschaft in Laboe erbaute und inzwischen vergrößerte Geschäftsstelle läßt nicht vermuten, daß man einmal die Verwaltungsarbeiten in den Wohnungen abgewickelt hatte.

Als das Bundesverkehrsministerium die Reviere, sprich Lotsbezirke, zusammenlegte und vereinfachte, wurden die Laboer Seelotsen am 1. Januar 1958 den Kanallotsen in Kiel-Holtenau angeschlossen. Die vereinigten Brüderschaften bezeichnen sich nun „Nordostseekanal II/Kieler Förde", später ist dann auch noch die Trave hinzugekommen. Sozusagen alles unter einen Hut. Gemeinsam mit den Holtenauern lotsen die Laboer zur Schleuse, auf dem Kanal und in den

Kieler Hafen. Und bei Bedarf auch zu benachbarten Häfen. Die jahrhundertealte Tradition der eigentlichen Kieler Seelotsen ist zu Ende gegangen. Die alten Laboer Namen verblassen und werden vielleicht einmal nur noch Erinnerung sein: Herrenbrodt, Lage, Schlappkohl, Wiese, Jahn, Möller, Langholz, Bartelsen bis zu Hans-Peter Vöge, dessen Sohn als „Bäcker von Laboe" in die Geschichte des Kieler Hafens einging, weil er die an der Boje liegenden Kriegsschiffe jeden Morgen mit frischen Brötchen belieferte: „Der Bäcker von Laboe ist da —!"

Wenn die Seelotsen von draußen mit den Schiffen in die Förde einbiegen und Kurs auf den Hafen nehmen, dann richten sie sich nach dem Friedrichsorter Leuchtfeuer, das die engste Stelle der Einfahrt markiert. Leuchtfeuer haben im allgemeinen ein langes Leben. In Friedrichsort begann es 1815 mit einem Talgkerzenfeuer, das man in einem bescheidenen „Leuchthaus" auf der alten Bastion eingerichtet hatte. 1853 ging man mit einer eisernen Leuchtbake, mit einem Gerüst also, auf die Sandbank hinaus. 1866 ersetzte schließlich ein 14,5 Meter hoher steinerner Turm die unzulänglichen Vorgänger und das „Kieler Wochenblatt" berichtete „. . . es ist ein Linsenfeuer fünfter Ordnung und befindet sich auf dem neuerbauten Thurm in einer Höhe von 37 rheinischen Fuß. Der Thurm ist auf dem Friedrichsorter Riff, 160 Fuß innerhalb der überfluteten Spitze desselben erbaut. Wenn die Bucht mit Eis belegt ist, wird das Feuer nicht angezündet."

Es gab Leute, die nannten diesen Turm seiner schwarz-weißen Ringe wegen „den kleinen preußischen Grenadier". Dabei war er gar nicht so klein, und die damalige Schiffahrt lag ihm noch zu Füßen. Im Jahre 1936 wurde der Friedrichsorter „olympisch" aufgewertet, als man ihm zur Olympiade kurzerhand eine neue, stärkere Optik aufsetze, die eigentlich für den westafrikanischen Hafen Lomé bestimmt gewesen war.

Mit den wachsenden Schiffsgrößen, die vor allem nach dem Zweiten Weltkrieg sprunghaft anstiegen, schien der Friedrichsorter Turm scheinbar immer mehr zu schrumpfen, bis man von den hohen Brücken der Schiffe nicht mehr zu ihm hinauf, sondern eher auf ihn hinunter schauen konnte. Die neue Zeit verlangte ein anderes Bauwerk.

Mit einem neuen Turm alleine war es nicht getan, man mußte auch eine neue Basis schaffen. Der alte, seit 1913 durch eine schwere sichelförmige Findlingsmauer geschützt, war des öfteren vom Wasser heftig angegriffen worden. Nun leistete man gründliche Arbeit, indem man einen Steinwurf weit südlich vom alten Standort eine neue Sandinsel aufspülte und in Fortsetzung der Steinmauer mit einer stählernen Spundwand einkreiste. Der neue Turm steht auf einem Dutzend bis zu 36 Meter langen Stahlbetonpfählen. Zylindrisch geformt und mit 34,25 Meter über Normal-Null doppelt so hoch wie der alte, enthält sein Kopf hinter beheizbaren Scheiben die Optik von 1936 mit einer 1 000-Watt-Lampe, die 18 Seemeilen weit zu sehen ist. Das neue Bauwerk wurde 1969 angefangen und 1971 fertiggestellt.

Kiels eindrucksvollster Leuchtturm an der Außenförde, von den Kielern scherzhaft „Hein Bülk" genannt, wird schon in den Lebenserinnerungen von Jochim Lage erwähnt: „... auch der Leuchtthurm wurde neu aufgeführt, der Anfang war schon von den Dänen gemacht." Tatsächlich hatten diese die ersten fünf Meter gemauert, ehe die Preußen kamen und weitermauerten. 1865 löste er das alte Brennölfeuer ab. Von jeher fesselte der kreisende Lichtkegel des Leuchtturms Bülk die Badegäste und gelegentliche Besucher, die sich nicht scheuten, 121 Stufen aufzusteigen, wenn sie nur einen Blick auf die Ostsee und das berühmte Revier der Kieler Woche werfen durften. Nun steht er gewissermaßen abseits und hat an Glanz verloren, nicht aber an Romantik. Seine ursprünglich ebenfalls 1000 Watt starke Glühbirne wurde beträchtlich reduziert. Das ist wieder eine Geschichte für sich.

Ende des 19. Jahrhunderts wurde in der Kieler Bucht als schwimmender Ansteuerungspunkt das der Marine unterstellte Feuerschiff *Kiel* verankert. Es war eine große Navigationshilfe und diente der Schiffahrt lange Jahrzehnte. Nichtsdestoweniger sind ortsfeste Leuchtfeuer in mehrfacher Hinsicht vorteilhafter. Sie sind in der Unterhaltung billiger als ein Feuerschiff, das immer eine ganze Besatzung benötigt, bei Eisgang vertreibt und eingezogen werden muß, stets von Kollisionsgefahr umgeben ist, nur ein weißes Licht zeigt und beim heutigen Stand der Technik nur noch als Notbehelf gelten kann. Nachdem das letzte Feuerschiff *Kiel* 61 Jahre gedient (1906—1967) und dabei manchen Sturm erlebt hatte und sommertags ein beliebtes Ziel für die Ausflugsdampfer „Rund um das Feuerschiff" gewesen war, mußte es einem ortsfesten Leuchturm Platz machen.

Der neue Leuchtturm Kiel steht mitten im Meer über einer Wassertiefe von 13,50 Meter auf einem rechtwinkeligen Betonsockel, in dessen Windschatten heute die Lotsenversetzboote anlegen. Der Betonsockel besteht aus Senkkästen, die man an Land fertigte, hinausschwamm und am Standort auf den Meeresboden absenkte. Es ist eine sogenannte Flachgründung, die sich bestens bewährt hat. Der 30 Meter hohe Turm, rotgestrichen mit einem weißen Ring in der Taille, ist aus Leichtmetall und enthält im Kopf ebenfalls eine 1 000 Watt starke Glühbirne. Aus einer Höhe von 35 Metern über Wasser strahlt sie etwa 23 Seemeilen weit. Den die Erdkrümmung überstrahlenden Widerschein am Horizont sollte man noch in fast 50 Kilometer Abstand wahrnehmen können. Daß alle diese relativ kleinen Glühbirnen eine so enorme Reichweite haben, verdanken sie dem raffinierten Linsensystem moderner Optiken. Und weil der neue Leuchtturm Kiel, mitten im Meer, dem alten über hundertjährigen Hein Bülk buchstäblich die „Schau gestohlen" hat, wurde der alte zu einer Art Nebenfeuer von nur 500 Watt degradiert.

Wo heute das „Hotel Laboe" steht, befand sich einmal der Posten der Seelotsen, unmittelbar am Fördeufer. Heute ist diese Stelle 400 Meter vom Wasser entfernt, die Küste hat sich verändert. Wenn die alten Laboer Seelotsen Ausguck hielten, schauten sie nach Bülk, von wo aus ein Herrenbrodt die weite Ostsee überblickte und beim Insichtkommen eines Schiffes ein Signal setzte. Das alles ist längst Geschichte, Kieler Schiffahrtsgeschichte.
Nachdem die Seelotsen später ihre Station auf das Feuerschiff vorverlegt und dort draußen die Schiffahrt bedient hatten, sitzen sie heute auf dem neuen Leuchtturm Kiel, der mitten im Meer an die Stelle des Feuerschiffes getreten ist und keines Wärters mehr bedarf, da man ihn von Land aus automatisch fernbetreibt. Es gibt keine Leuchtturmwärter mehr, das menschliche Herz wurde durch ein Relais ersetzt. Alle Dinge auf dieser Welt sind wandelbar.

Die See und ihre Gefahren aber ändern sich nicht. Und wenn auch der Wasserspiegel im Laufe der Jahrtausende von den Kielen unzähliger Schiffe kreuz und quer zerschnitten wurde, so glättet er sich doch schnell wieder und niemand sieht ihm an, daß hier jemals ein Mensch drüber hingezogen ist. Schließen wir mit dem Vorspruch aus dem Logbuch eines alten Kieler Segelschiffes, mit dem Kapitän Emil Faecks die jährliche Schaffermahlzeit des „Nautischen Vereins zu Kiel von 1869" einzuleiten pflegt, ehe die Glocke mit Acht Glas den Beginn des Essens einläutet:

Dir Herr, ist mein Beruf bekannt
und was er mit sich führet.
Du weißt, was mir in meinem Stand
zur See zu geh'n, gebühret.
Bring' mich gesund, wohin ich soll,
lenk' meine Schiffahrt segensvoll,
führ' mich nach Kiel zurücke.

Register der Personen- und Schiffsnamen

Robert Rühr, Kapitän und Eigner
des Dampfers 653, der *Elisabeth*

Dampfer 653 *Elisabeth*

Fördeschiff *Friedrichsort*
der Hafenrundfahrt AG

August Christian Hansen
(1894-1973)

Fördeschiffe
Ludwig (Mitte) und
Heikendorf (unten)

Kieler-Woche-Regatta 1911

Gruppenaufnahme des „Vereins der Yachtmannschaften zu Eckernförde"

Oberlotse Herrenbrodt
(Laboe) um 1900

Leuchtturm Friedrichsort um 1895 und vor dem Abbruch 1973

Literatur- und Quellenhinweise

Brustat-Naval, Fritz: Aus der Kieler Schiffahrtsgeschichte, VZ-Kieler Morgen-Zeitung 1965/66

Brustat-Naval, Fritz: Lichter über dem Meer, Wiesbaden 1969

Hansen, August C.: Die Blaue Dampferlinie der Reederei A. C. Hansen, Mitteilungen der Gesellschaft für Kieler Stadtgeschichte 1965

Howaldt, Heinz: Unterlagen für eine Festschrift 100 Jahre Schweffel & Howaldt 1838—1938, Kiel 1938

Lage, Jochim: Lebenserinnerungen, Manuskript, etwa 1900

Meyer, Jürgen: Schiffbau und Segelschiffahrt an der Kieler Förde im 18. und 19. Jahrhundert, Diss., Kiel 1949

Sartori & Berger: Mit Segel, Dampf und Diesel. Aus der hundertjährigen Geschichte der Firma 1858—1958 (Festschrift)

Schulz, Wilhelm: Chronologische Betrachtungen über Neumühlen-Dietrichsdorf, Festschrift der Poggendörper Festtage 1956

Verein der Yachtmannschaften in Eckernförde von 1906. Protokollbuch und Satzungen

Zimmermann, Siegfried: Theodor Wille 1844 bis 1969, Hamburg 1969

Archivalien des Stadtarchivs Kiel

Lloyds Register

Chroniken der Häuser C. Andersen Hamburg, Karl Grammerstorf Kiel, Kieler Howaldtswerke, H. J. Lohmann, Kiel

Persönliche Informationen lieferten:

Walther Christoph Ahrens, Dr. Hermann Andersen, Karl Brandt, Heinrich Grammerstorf, Eduard v. Grebmer, Charlotte Zerelda Hahn-Godeffroy, August C. Hansen †, Theodor Hecht, Horst Ivers, Volkert Knudsen, H. J. Lohmann †, Friedrich-Karl Rühr, Familie Schmidt-Laboe.

Der Verfasser dankt ihnen allen.